Lisbeth und Paula, beide Ende Dreißig, sind Freundinnen. Sie saßen jahrelang im selben Boot, das heißt als Hausfrauen in ihren gepflegten Eigenheimen, bis Paula eines Tages entschlossen den Wischlappen niederlegte, um außerhalb ihres »Sechs-Zimmer-Laufstalls« die Freiheit zu suchen. Lisbeth würde es ihr gern gleichtun, wenn sie sich nicht die Pikanterie geleistet hätte, zu jenem Zeitpunkt, zu dem ihre Tochter Lil beinahe erwachsen war, mit Klein-Benno noch einmal ganz von vorn anzufangen. So hat sie die Sache mit der Emanzipation zwar theoretisch begriffen, den praktischen Vollzug jedoch dummerweise verpaßt.

Da sich Benno I, ihr Ehemann, und Benno II, ihr vierjähriges Söhnchen, an der Erörterung der »Frauenfrage« ebensowenig interessiert zeigen wie die siebzehnjährige Lil und sich weder unter den anderen grünen Witwen noch unter den Kindergartenmüttern eine Gesprächspartnerin finden läßt, bleibt Lisbeth nichts anderes, als zur Feder zu greifen und sich brieflich bei Paula zu erleichtern. Sie tut das abends, wenn Lil in ihrem Jazz-Dance-Center ist, Benno II endlich schläft und sich Benno I dem Fernsehgenuß hingibt. In den Szenen aus ihrem Ehe- und Familienleben schildert sie sich selbst als eine jener tapferen Frauen, die »vorne lachen und es hinten immer im Kreuz haben«!

Claudia Keller, Jahrgang 1944, schrieb neben Kurzgeschichten und Satiren die Romane ›Streitorchester‹ und ›Du wirst lachen, mir geht's gut‹. Im Fischer Taschenbuch Verlag erschienen ihre Bücher ›Kinder, Küche, und Karriere‹ (Band 10137), ›Frisch befreit ist halb gewonnen‹ (Band 10752), ihr Roman ›Der Flop‹ (Band 4753) und ihre satirischen Geschichten ›Kein Tiger in Sicht‹ (Band 11945).
Für eine Kurzfassung des Romans ›Der Flop‹ erhielt sie den Frankfurter Fabrikschreiberpreis und den Literaturpreis von Aachen. Claudia Keller lebt in Frankfurt am Main.

Claudia Keller

Windeln, Wut und wilde Träume

Briefe einer
verhinderten Emanze

Fischer Taschenbuch Verlag

Die Frau in der Gesellschaft
Herausgegeben von Ingeborg Mues

343.–350. Tausend: Januar 1996

Originalausgabe
Veröffentlicht im Fischer Taschenbuch Verlag GmbH,
Frankfurt am Main, Dezember 1988

Gesamtherstellung: Clausen & Bosse, Leck
Printed in Germany
ISBN 3-596-24721-7

Gedruckt auf chlor- und säurefreiem Papier

Windeln, Wut
und wilde Träume

Roman

Mai 1996

Für eine liebe und
Symphatische Kollegin
zur Erinnerung an die
„Kampfzeiten" bei
der AL ...

Alles, alles Gute,
Gesundheit und eine schöne,
lange und geruhsame
„Nicht-Arbeitszeit"!!

Iris Vorländer

Einleitung

Liebe Schwester,
vorweg, mein Name ist Paula. Ich habe vor etwa einem Jahr meinen langjährigen Wirkungskreis, will sagen, die Runde zwischen Ehebett, Waschmaschine, Besenschrank und Vierplattenherd aufgegeben und in meinem neuen Leben unter den bereits befreiten Frauen echte Hilfe und Solidarität gefunden – von der plötzlich über mich hereingebrochenen Selbstentfaltung ganz zu schweigen. Rückblickend erscheint mir mein damaliges Leben wie ein einziger Tag, den mich ein wahnsinniger Regisseur neunzehn Jahre lang wiederholen ließ, nur um zu sehen, wann seine Hauptdarstellerin den Verstand verliert. Unter uns, bei mir war es beinahe soweit. Ich stellte nämlich eines Morgens, ich glaube, es war der sechstausendzweihundertunddritte Morgen meines Ehe- und Familienlebens, fest, daß ich den Anblick der vor dem Nachtkonsölchen herumliegenden Socken keine (!) Sekunde länger ertrug und daß mir neuerdings beim Ausfüllen einer simplen Banküberweisung der Schweiß ausbrach.

In der Woche darauf bin ich ausgezogen, und ich kann Dir versichern, daß ich sofort einschneidende Erfolgserlebnisse in Sachen Verstand zu verzeichnen hatte: Ich erinnerte mich plötzlich wieder an meinen Vornamen!!!

Lisbeth, die mir die vorliegenden Briefe schrieb, und ich waren zu damaligen Zeiten eng miteinander befreundet. Ich besuchte sie früher gern morgens zum Frühstück, wenn wir unsere Familienmitglieder in diversen Kindergärten, Schulen und Büros gut untergebracht wußten. Wir saßen beide im selben Boot und waren zu der Erkenntnis vorgedrungen, daß es sich um einen reichlich lecken Kahn handelte, der lahm und antriebslos in der Runde dröselte, derweil wir, hinter den stillgelegten Rudern hängend, unsere Männer mit kräftigen Stößen vorbeisprinten sahen. Lisbeth, das sei hier ganz klar vermerkt, war immer die Intelligentere von uns beiden und hätte sich längst emanzipieren, das heißt den Wischlappen niederlegen und »ihren Weg gehen« müssen, wenn sie sich nicht, als ihre Älteste beinahe erwachsen war, die Pikanterie geleistet hätte, mit Klein-Benno noch einmal ganz von vorn anzufangen.

Dies hatte zur Folge, daß sie den Zug endgültig verpaßte und sich nun allenfalls mal brieflich erleichtern kann, abends, wenn der Kleine schläft und die Große in ihrem Jazz-Dance-Center ist und sich Benno I (ihr Ehemann) dem Fernsehgenuß hingibt.

Lisbeth beweist in ihren Briefen übrigens, daß sie prima ausgebildete Aggressionen hat, die sie nur mal richtig rauslassen müßte. Jedoch: »Ich schäme mich, es zuzugeben«, schreibt sie in einem ihrer Briefe, »aber irgendwie habe ich immer den Anschluß zu jenen Zügen verpaßt, auf die ich gern gesprungen wäre, denn immer schleppte ich Windelpakete und Großpackungen mit Wattestäbchen zum Reinigen von Kinderöhrchen anstelle von Werken wie ›Die Scham ist vorbei‹ und ›Weib und Macht‹, die mir beizeiten den richtigen Weg gewiesen hätten. Und in den entscheidenden Phasen meines Lebens bin ich immer ein bißchen zu schwanger gewesen, um auf Barrikaden zu klettern und ›Mein Bauch gehört mir!‹ zu rufen, wobei der Umfang besagten Bauches meine Behauptung ja auch eindeutig widerlegt hätte.«

»Wenn Du mir bisweilen vorwirfst«, heißt es an anderer Stelle, »daß ich meine ›prima ausgebildeten Aggressionen‹ nicht rauslasse, dann muß ich Dir gestehen, daß ich es leider nicht fertigbringe, den so vertrauensvoll in diese Welt blickenden Benno II auf einen so unzuverlässigen Schoß zu setzen wie den von Benno I, um außerhalb meines gepflegten Laufstalls die Freiheit zu suchen. Ich kann mich einfach bis heute nicht zu der Ansicht durchringen, daß jede Revolution eben ihre Opfer fordert und eines dieser Opfer ausgerechnet Klein-Benno sein soll.«

Ich meine, man sieht es ja schon an diesen Worten, daß es ihr wahrscheinlich niemals gelingen wird, sich richtig zu emanzipieren, und sie ihre Aggressionen allenfalls beim Gartenumgraben rausläßt, wobei sie wiederum der Familie zugute kommen.

Trotzdem finde ich, daß ihre Briefe es wert sind, aufgehoben zu werden, denn sie zeigen eine Lisbeth, wie es viele Lisbeths gibt, so eine Art »verhinderter Emanzen«, die zwar dann und wann an den Stäben ihres Käfigs rütteln, sich jedoch, sobald ihnen jemand den Weg »hinaus« weist, erschrocken entschuldigen und beteuern, daß ja alles nicht wirklich ernst gemeint war und es nur am Wetter und/oder an langanhaltenden Kreuzschmerzen lag, daß sie sich solchermaßen vergessen konnten. Und die dann versuchen, sich brieflich zu erleichtern, weil sie keine andere Möglichkeit sehen.

Ich meine, unter uns, dieses Hausfrauengewäsch kann man ja kaum noch mitanhören, wenn man sich selbst weiterentwickelt hat, aber ich finde, daß Lisbeth doch hier und da Talent aufblitzen läßt und ihre Situation durchaus analysieren, wenn auch leider nicht verändern kann. Es ist ein Jammer, mitansehen zu müssen, wie sie sich nach und nach mit derselben Geringschätzung betrachtet, die ihr Ehemann an den Tag legt, und nichts dagegen tun zu können. Als ich ihr einmal sagte, daß sie gut schreiben kann (ich wollte ihr Selbstwertgefühl stärken), verriet sie mir, was sie zu *ihrer* Selbstverwirklichung plant, wenn die Kinder erst einmal aus dem Haus sind: Sie hat vor, ein dreibändiges Werk über die Resteverwertung in der Küche zu schreiben!

Ich fürchte ehrlich gesagt, daß ihr, wenn es in zehn bis fünfzehn Jahren endlich soweit sein wird, selbst *dazu* das Selbstvertrauen fehlen wird. Das bleibt aber bitte unter uns, denn ganz vielleicht schafft sie es ja doch noch.

Mit nicht nachlassender Hoffnung,

Deine Paula

15. Februar

Liebe Paula,
vielen Dank für Deine guten Wünsche zum achtzehnten Hochzeitstag! Ich bekam von dem Kleinen ein rührendes Schnittlauchtöpfchen, von Schwiegermutter Änne das sechzehnte Gedeck meines Kaffeegeschirrs »blaue Blume«, von Benno die unvermeidlichen roten Rosen und von Lil eine Lackschürze mit der witzigen Aufschrift: »Hier kocht die Chefin selbst!« Dein Buchpräsent gefiel mir am besten!!!

Ich muß gestehen, daß ich die Schürze (nein, wie nett!) lieblos an die Küchentür hängte, das Kaffeegedeck (oh, das kann man immer brauchen!) eilig zu den anderen fünfzehn Gedecken stellte und die Rosen (wie lieb von dir!) blicklos in eine zu kleine Vase stopfte. Dann warf ich mich mitten am Vormittag auf das Sofa, um anhand Deines Buches »Das Hausfrauensyndrom« mit Genugtuung festzustellen, daß sich bei mir *sämtliche* Symptome besagten Zustandes seit langem bemerkbar machen: Herzrasen, grundlose Aggressivität, Kehlkopfschwellung, Nörgelsucht, Anfälle von Mord- und Selbstmordgelüsten, bis hin zu jenen seltsamen Zuständen, denen zufolge man morgens aufsteht und mit zitternden Mundwinkeln feststellt, daß man den Anblick einer harmlos über der Sessellehne hängenden Anzugjacke nicht länger ertragen kann. Welch tiefe Wahrheit steckt doch in jenem auf Seite 72 so leicht hingeworfenen Hinweis, daß die Hausfrau in einer Zeit, in der nahezu täglich eine andere, epochemachende Neuheit die Welt erschüttert, tagtäglich ihr Leben opfert, nur um einen gewissen Zustand, den sie am Hochzeitstag übernommen hat, immer wieder aufs neue herzustellen. Anders ausgedrückt: Sie verbringt Jahrzehnte in emsiger Tätigkeit, ohne jemals etwas anderes als das bereits Dagewesene hervorzubringen. Ich las dies und begann meine Umwelt mit anderen Augen anzusehen. Ich betrachtete zum Beispiel Benno und das Menü, welches ich anläßlich unseres Ehrentages »auf den Tisch gezaubert« hatte. Es gab Sauerbraten »rheinisch«, obwohl ich lieber Sauerbraten »Goldener Hirsch« oder Sauerbraten »Rathausstuben« zu mir genommen hätte. (Vergiß es, Darling!) Nun, der Sauerbraten war der dreihundertfünfzigste seiner Art, der Kloß, den Benno soeben sauber geviertelt und mit Sauce fein getränkt in den Mund schob, hätte Anspruch erheben können, zu seinem fünfhundertsten Jubiläum mit Lorbeer umkränzt und in der Presse rühmlich erwähnt zu werden, statt dessen fiel er unbeachtet in die Schwärze von Bennos Magen und hinterließ keine Spur in der Geschichte. Ich blickte über den Tisch und dachte, daß es wohl der zwanzigtausendste von mir gedeckte Tisch war, und überlegte, daß sich bei dieser stolzen Zahl doch eigentlich dasselbe befriedigende Gefühl einstellen müsse, das etwa den Produktionsleiter einer Wischtuchfirma bewegt, wenn er das millionste Wischwegfusselfreituch dem Band entrollen sieht. Aber alles blieb still. In mir und um mich herum. Als ich wenig später zum zehntausendachthundertstenmal den kleinen Handsauger über die bekannte Krümelstelle unter dem Eßtisch schob, bemerkte Änne aus ihrer Sofaecke heraus, daß ich gar nicht wüßte, wie gut ich es hätte, ich mit all meinen kleinen Helfern im Haushalt. Ich schlich mich in die Küche, um das Schnittlauchtöpfchen zu gießen, und stellte mir vor, wie anläßlich meines Ehrentages »all die kleinen Helfer« in Jubel ausbrechen und rote Lämpchen aufleuchten lassen würden, und eine sonore Stimme könnte zum Beispiel sagen: »Hier haben wir die tapfere Hausfrau, die soeben den fünfhundertfünfundfünfzigsten Pfannkuchen in Fitschlers Antihaftvitaminschonpfanne wendet! Herzlichen Glückwunsch! Würden Sie anläßlich dieses großen Tages für Fitschler singen?«

Abends, als der Kleine bereits im Bett lag und Lil mitsamt dem Telefon in ihrem Zimmer verschwunden war (sie unterhält ein recht kostspieliges Verhältnis mit einer auswärtigen, sehr langen Nummer), goß ich mir einen großen Kognak ein und las das »Hausfrauensyndrom« noch einmal, Seite für Seite und ganz in Ruhe, um festzustellen, wie schlimm es mit mir schon steht. Ich fand heraus, daß ich noch nicht zu jenen Fällen gehöre, die zwanghaft an den Gardinen riechen oder die Buchstaben des Firmenschildes ihres Kühlschrankes mit der Hutnadel säubern, aber weißt Du, daß ich unter einem Syndrom leide, über das bis jetzt noch viel zu selten geschrieben worden ist? Ich kann einfach nirgendwo mehr warten!

Es fing damit an, daß mir die Hände feucht werden, wenn ich Benno zum Beispiel mitteile, daß ich einen Hunderter oder zwei extra brauche, um dem Kleinen ein Geburtstagsgeschenk zu kaufen, und er sehr erstaunt fragt: »Warum?« Und ich tief Luft hole und erkläre, daß ich nun mal an alten Bräuchen hänge, vor allem an jenem sehr alten Brauch, Kinder, die man unvorsichtigerweise in die Welt gesetzt hat, hin und wieder zu beschenken, und Benno sagt, wieso, die Gören hätten doch alles, und ich sage... und Benno sagt... und ich sage... und Benno sich schließlich sehr langsam und mit hängenden Schultern auf den Weg zu seinem Schreibtisch macht und eine Lade aufzieht und sein Scheckheft hervorholt und dann den Scheck ausstellt – mit jener bemühten Konzentration, mit der gewöhnlich ein Erstkläßler sein erstes »i« malt. Bei diesen Gelegenheiten überfiel es mich zum erstenmal, ich meine jenes schreckliche, ohnmächtige Gefühl des einfach »Nicht-länger-warten-Könnens«. Gestern war es schon so weit mit mir gekommen, daß ich eine alte Frau ganz grundlos haßte, nur weil sie an der Kasse im Supermarkt endlos in ihrem Portemonnaie herumkratzte, weil sie die Hoffnung hatte, wenn sie nur lang genug kratzte, würden sich die Pfennige in ihrer Börse vermehren. Ich war kurz davor, sie beiseite zu schieben und ihre Rechnung mitzubezahlen, nur um den Anblick nicht länger ertragen zu müssen.

Weiterhin gefiel mir die Passage, in welcher es heißt, daß sich Hausfrauen nicht selten der Sucht der Tagträumerei hingeben und ihre Sinne mit wollüstigen Phantasien zu erhalten suchen, während sie zum Beispiel Reibepfannkuchen in zischendes Fett werfen. Woher kennt Psychologe Dr. Dr. Wilfried Beinherz meine verborgensten Gedanken?

Du siehst, liebe Freundin aus alten Zeiten, Du hast mir mit dem Büchlein eine große Freude gemacht, und ich danke Dir von schwesterlichem Herzen dafür. Wie schmeckt das neue Leben? Nach Wildnis und freier Wildbahn? Seitdem Du die Stirn gehabt hast, Werner *und* Deinen achtzehnjährigen Sohn zu verlassen, und den Gedanken, daß sie unter einem Haufen stinkender Konservendosen ihr Leben aushauchen, kühl erträgst und überdies beschlossen hast, ein *eigenes* Leben anzufangen (pfui Teufel), meint Benno, es sei besser, den Kontakt zu Dir einschlafen zu lassen. (Schließlich ist Werner sein bevorzugter Tennispartner.) Er ahnt nicht, daß ich *süchtig* danach bin, mit einer Person zu verkehren, die so verrucht ist wie Du.

Den unerfüllten Traum, die Küchenschürze mit der Aufschrift: »Hier kocht die Chefin selbst« öffentlich zu verbrennen und statt ihrer ein tigergemustertes nabelfreies Kleid und lila Netzstrümpfe als Berufskleidung zu tragen, noch immer im Herzen,

Deine Lisbeth

PS: Auf Deine Frage, ob es nicht auch bei mir an der Zeit wäre, zum nächsten Hochzeitstag eine Vertretung zu schicken, die die obligaten Rosen entgegennimmt, kann ich nur sagen, daß nicht nur Dr. Dr. Beinherz meine innigsten Wünsche erraten hat. Ich dachte daran, zum nächsten Hochzeitstag tatsächlich eine solche Vertreterin zu bestellen: zum Beispiel meine Antihaftvitaminschonpfanne. Vielleicht ist ja die Technik dann schon so weit fortgeschritten, daß sie an meiner Stelle zart errötet und »Wie lieb von dir« haucht.

Mittwoch, ich glaube, den dreizehnten

Liebe Paula,

war erfreut zu lesen, daß Du Dich über meinen letzten Brief köstlich amüsiert hast, aber hast Du schon einmal darüber nachgedacht, daß es auch eine »lachende Depression« gibt? Man erkennt sie an jenen Frauen, die vorne lachen und es hinten immer im Kreuz haben. In meiner bekannt humorigen Art erzählte ich Benno gestern von meiner Idee, kleine Lämpchen in Elektrogeräte einzubauen und bei jedem hundertsten Gebrauch »Laut« geben zu lassen, und er sah mich mit jenem durchgeistigten Ausdruck an, bei dem mir stets schmerzlich klar wird, daß er mir äußerlich zwar »zuhört«, innerlich jedoch mit dem Problem beschäftigt ist, wie sie die Personalkosten senken könnten. Schließlich sagte er: »Wozu sollte das gut sein?« – »Nun«, erklärte ich launig, »dann würde der Hausfrau doch endlich eine gewisse Anerkennung zuteil, und dem Ehemann würde endlich einmal bewußt, wie oft seine tapfere Gefährtin mit dem hygienischen Wischwegfusselfreiläppchen über die Arbeitsplatte in der Küche und mit der hygienischen Vollsynthetiksuperbürste ins Klobekken fährt.« Und Benno antwortete, daß ihm auch ohne diese lächerliche Spielerei durchaus bewußt sei, wie oft er im Büro zum Telefon greift, um mit seiner männlichen Stimme: »Ja, was *ist* denn?« zu brüllen, und noch viel bewußter sei ihm der ewige Griff zum Scheckheft – auch ohne daß deswegen gleich ein Glöckchen bimmelt und eine Stimme piepst: »Hier haben wir den geduldigen Packesel, der, um eine nicht enden wollende Reihe Windel- und Spaghettipakete, Gummibärchen, Nylonstrümpfe, Wischwegläppchen, Hühneraugenpflaster, Baldrianpillen, Zwei-, Drei- und Vierräder, Landschulheimaufenthalte und S-Bahnkarten finanzieren zu können, sich Jahr für Jahr und bis an die Grenze seiner Leistungsfähigkeit abplagt.«

Obwohl ich mich herzlich freute, Benno nach längerer Zeit wieder einmal eine so lange Rede halten zu hören (laut Statistik sprechen Ehepaare nach fünf Jahren bloß noch zwölf Minuten täglich miteinander), brachte mir die Gedankenverbindung von besagtem Telefonhörer und dem Scheckheft schon wieder finstere Gedanken. Während ich die Betten frisch überzog und zum fünftenmal die Bezüge mit den abgerissenen Knöpfen erwischte, dachte ich, welch wundersamer Draht doch zwischen dem Telefonhörer im Büro und jener magischen Zahl besteht, die Monat für Monat auf Bennos Gehaltskonto erscheint, und daß er, während er darauf wartet, daß ihm seine Sekretärin die Verbindung mit Hof herstellt, seinen Sinn mit folgender Überlegung erfrischen kann: »Wenn ich all die Gummibärchen und all die Windelpakete, Landschulheimaufenthalte und Zwei-, Drei- und

Vierräder abziehe und Lisbeth einrede, daß sie mit ihren alten Cordhosen und der ›Einmal-im-Jahr-schneiden-reicht-Frisur‹ entzückend aussieht, bleiben mir gut zwanzig Prozent, macht – gut angelegt – im Monat, im Jahr, in zehn Jahren, in zwanzig Jahren... auf ewig!« Ich denke, liebe Paula, daß dies eine Art von Routine im Alltag darstellt, die keine Neurosen auslöst.

Entschuldige die lange Epistel über Geld, aber Du, die Du ja (Benno spricht) »fürs erste ausgesorgt hast und Deinem armen Mann (Benno spricht immer noch) das sauer verdiente Vermögen Groschen für Groschen aus der Tasche klagst«, wirst Dich hoffentlich noch an unsere kleinen, miesen, spießigen Hausfrauennöte erinnern. Also, Deine extravagante Tat vor Augen, Mann und Sohn im Stich zu lassen und einfach *abzuhauen* und Dir dieses infame Verhalten auch noch *bezahlen* zu lassen, näherte ich mich nach einer schlaflosen Nacht, allen Mut zusammennehmend, dem Frühstückstisch, sprich, den unzertrennlichen Genossen Benno und »Morgenpost«. »Ich denke mir«, sagte ich leichthin und köpfte mein Frühstücksei, »daß ich mal eine Annonce aufgebe... (Benno hob den Blick) und mir einen Job suche (er runzelte die Stirn), halbtags!« Er warf die Zeitung auf die Erde und schrie, was denn dieser Blödsinn nun wieder solle, ich würde sowieso kaum etwas verdienen und ihn mit meinen albernen Ideen bloß in eine höhere Steuerklasse hetzen, woraus ganz klar ersichtlich ist, daß er, ganz gleich, was immer er auch tut, auf jeden Fall schwer arbeitet und ich, ganz gleich, was immer ich auch tue, auf jeden Fall einem Zeitvertreib nachgehe und er die Kosten des Zeitvertreibes wie immer aufgehalst bekommt. Noch dazu, wo ich doch alles habe, angefangen von einer Dauerwelle, die erst zwei Jahre alt ist, einem Sortiment Cordhosen »für zu Hause« und mindestens drei guten Kleidern. Ich, mit meinem wohlgefüllten Magen, meiner Niveaschicht auf dem Gesicht und den in »Bella-hauchfein-nougat« steckenden Beinen. Er verschwand schließlich, ganz in Flanellgrau gekleidet, eilig Richtung Garage, und ich weiß, daß es wirklich nicht fein war, daß ich ihm durch das Küchenfenster nachschrie, ich wolle auch *unter* meinen Haushosen endlich einmal eine Strumpfhose tragen, durch die sich *nicht* der dicke Zeh bohrt. Ich ließ die Fenster ungeputzt, setzte mich mit Deinem letzten Brief an den Küchentisch und las noch einmal die Stelle, in der Du mich aufforderst, doch einmal zu bedenken, daß eine Hausfrau sechs Berufe hat, was von irgendeinem Gericht mit 3400 Mark monatlich veranschlagt worden ist. Also ich bedachte dies und resignierte bei dem Gedanken, daß die Firma, für die *ich* seit zwanzig Jahren tätig bin, ebensolange in Zahlungsschwierigkeiten steckt und in absehbarer Zeit auch nicht in der Lage sein wird, den Schuldenberg, der sich inzwischen angesammelt hat, wenigstens teilweise abzutragen.

Da sich die Gier nach laufmaschenfreien Strumpfhosen und einem blauen Chinchilla jedoch nicht länger unter Kontrolle halten läßt, gab ich also die Annonce auf, in der ich mich und meine sechs qualifizierten Berufe anpries. Und weißt Du, wer sich als einziger meldete? Eine Schnellreinigung rief an, und eine dieser schicken, hastigen Berufsstimmen (ich schätze 3000 im Monat) sagte, ich könne bei ihnen die Garderobe sortieren, sechsfünfzig die Stunde, samstags frei. Und weißt Du, was passierte? Ich hörte mich mit einem kläglichen »Ach-immer-ist-mein-Boden-grau-und-glanzlos«-Stimmchen sagen, daß ich es mir überlegen und wieder anrufen würde. Und ich hängte schnell ein, und das Herz klopfte mir bis zum Halse. Ich hatte das wahnwitzige Gefühl, daß die hastige Berufsstimme durch den Hörer hindurch *gesehen* hatte, wie ich da in meinem alten Morgenrock am Küchentisch saß und mein Haar mit jenem Gummiband zusammengehalten hatte, das vorher das Petersiliensträußchen schmückte. Und daß sie bereits an meinem Stimmchen und der dilettantischen Art, in der ich mein »Fachgespräch« führte, erkannt hatte, daß ich mich trotz meiner sechs Berufe für den Schritt »nach draußen« wohl nicht qualifizieren würde.

In der dumpfen Gewißheit, wieder versagt zu haben, ein ABC-Pflaster auf dem Steiß,

Deine Lisbeth

1. April

Liebe Paula,
wie schade, daß der Typ, den Du in Deinem Wochenendseminar »Kreatives Streiten« kennengelernt hast, ein solcher Flop war. Was nützt es schon, wenn er sich intensiv mit der Frauenfrage beschäftigt und dann nichts weiter dabei herauskommt, als daß er Dich bei *allem*, was er tut, mit ängstlichen Rehaugen fragt, ob er es auch richtig gemacht hat. Und das Dir, die Du selbst so lange mit ängstlichen Rehaugen gefragt hast, ob Du es auch richtig machst. (Höre Werner höhnisch lachen!) Nun, jedenfalls verließ mich meine diesbezügliche Phantasie an der Schlafzimmertür.

Migräne! Und der Kleine ebenfalls von einer mysteriösen Krankheit befallen, die ihn daran hinderte, den Kindergarten zu besuchen. Angetan mit seiner zerfledderten Indianerausrüstung, verbarrikadierte er sich den ganzen Tag hinter den Stäben seines Gitterbettchens, um imaginäre Pfeile »pfffffff« auf mich abzuschießen.

Ich dachte gestern sehnsuchtsvoll an jenen Tag, an dem ich ihn tückisch einer Mitschwester übergeben und dann schleunigst das Weite suchen kann. Ich werde *nicht* in regelmäßigen Abständen aufkreuzen und den Zustand seiner Kragenecken prüfen. Meine Nachfolgerin, die heute noch sorglos und unbelastet im Sandkasten spielt, tut mir jetzt schon aufrichtig leid.

Hat Änne jemals unter Klein-Bennos nervenzermürbender Allgegenwärtigkeit gelitten und sich in heimlichen Augenblikken vorgestellt, daß vorbeiziehende Zigeuner ihn mitnähmen? Oder war sie in Sachen »So etwas darf man nicht einmal denken« schon immer so gut trainiert wie heute? Die Stelle, an der *sie* ihr Hausfrauensyndrom vergraben hat, ist jedenfalls nur ihr allein bekannt. Mich plagen zur Zeit gewisse Schuldgefühle, weil ich zuweilen neidisch denke, wie ungestört Benno seiner Arbeit nachgehen kann, ohne daß ihn jemand mit der Wasserpistole attackiert oder ihm mit einem imaginären Auto »brrr-brrr« zwischen den Beinen herumfährt. Manchmal denke ich, daß der Kleine ahnt, was in mir vorgeht: Er hat mir noch nie gesagt, daß er mich heiraten wird, wenn er groß ist, und laut Dr. Brenners

Erziehungsratgeber müßte er dies eigentlich längst getan haben. Ich will noch ein bißchen abwarten, dann werde ich allen Mut zusammennehmen und selbst die Rede auf das Thema bringen.

Mir zittert noch ein bißchen die Hand, denn ich hatte heute nachmittag Kaffeeklatsch mit Biggi. Nach einer Woche Benno II in Reinkultur dürstete es mich dermaßen nach einem Gespräch mit einer erwachsenen Person, daß ich sogar den Mutterinstinkt überwand: Ich bot Lil meine einzige Seidenbluse zum ständigen Gebrauch an, wenn sie Klein-Benno für einige Stunden aus meiner Nähe entfernte. Ein gieriges Auge auf mein Staatsstück, ein angewidertes auf den Kleinen geheftet, stimmte sie schließlich zu und machte sich reichlich lustlos auf den Weg zum Robinsonspielplatz, mir zehnmal mitteilend, daß *sie* weder heiraten noch ein einziges Kind in die Welt setzen werde. Mit unendlicher Erleichterung sah ich beide schließlich um die Ecke biegen. Ruhe! Ich nutzte sie aus, um mir eine frische Bluse anzuziehen, den Tisch mit »blaue Blume« zu decken und den Kognak in die geschliffene Karaffe zu gießen, die ich seit drei Jahren besitze, aber noch nie benutzt habe. Ich kam mir wie Marlene Dietrich oder Pam oder Lady Di vor. Ich fühlte mich wie eine richtige Person.

Das erste, was ich hörte, als Biggis Autotüren klappten, war das Geheul von Tommi, der brüllte, daß er die doofe Tante nicht besuchen wolle oder so ähnlich. Ich öffnete zögernd die Tür, und meine enttäuschten Blicke trafen sich mit den schuldbewußten von Biggi. »Mußte ihn leider mitbringen, weil seine Großmutter heute selbst einen Kaffeeklatsch hat und ihn nicht dabeihaben wollte!« sagte sie. Ich schwöre Dir, Mädchen, die Großmutter von heute hat mit der Omi vergangener Zeiten so viel gemeinsam wie ihr Enkel mit einer Hummelfigur. »Komm rein«, sagte ich und fühlte mich wie jemand, der, um eine ungestörte Stunde mit seinem Liebhaber genießen zu können, seine gesamte Familie nach Hawaii verfrachtet hat und dann mitansehen muß, wie der Liebhaber einen Aktenkoffer voll Arbeit ins Haus trägt.

Ich stellte mich also darauf ein, daß dies kein gemütlicher Weibertratsch werden würde, sondern das reinste Ringen ums

Überleben. Du müßtest Tommi kennen! Ein einziger Nachmittag mit ihm für jeden Bürger Zwangsverpflichtung – und das Problem der Überbevölkerung wäre auf ewig gelöst! Kaum hatte er sich ein Stück Kuchen erquengelt, eigentlich nur, um unverzüglich festzustellen, daß er gerade diesen nicht mag, machte er sich mit Energie und viel Stimme daran, den sofortigen Aufbruch voranzutreiben. Nach etlichen vergeblichen Versuchen, in Biggis Armbeugen zu kriechen oder sie doch zumindest durch heftiges Rockzerren zum Aufstehen zu bewegen, wartete er gnädig auf Vorschläge, wie etwa den, doch einmal mit der Puff-Puff-Eisenbahn über den Teppich zu fahren oder für die liebe Omi ein schönes Bild zu malen. Aber das wollte er nicht. Er wollte doch lieber noch ein Stück von dem Kuchen, den er nicht mag, und ein Schlückchen von dem Saft, den er nicht mag. Und nachdem er drei Äpfel angebissen hatte, mußte er Pipi, weil seine Blase, einem seltsamen Naturgesetz zufolge, auf die Größe eines Fingerhutes zusammenschrumpft, sobald Biggi ein Gespräch beginnt. Nachdem er Pipi gemacht hatte, drängte er wieder in Biggis Armbeuge und versuchte unsere Unterhaltung zu boykottieren, und mit demselben Eifer, den ich zuletzt bei einem hochbezahlten Animateur im Club Méditerranée bemerkt habe, feuerten wir Tommi an, doch ein bißchen mit der schönen Indianerausrüstung, den Legosteinen oder dem Inhalt meines Besenschrankes zu spielen. Aber natürlich hatte der kleine Tommi keine Lust dazu, und während er den siebzehnten Apfel anbiß, musterte er mich feindselig, sichtlich verärgert darüber, daß ich auch im Raum war und dauernd Biggis Aufmerksamkeit auf mich lenkte und zu groß bin, als daß man mir die Legoschachtel über den Schädel hauen könnte, was dieser öden Veranstaltung doch noch einen gewissen Reiz verliehen hätte. Aber wie Du weißt, sind manche Mütter ja sture Typen, so stur, daß sie ihren vor zwei Stunden begonnenen Satz trotz mannigfaltigster Unterbrechung zu Ende bringen werden, einerlei welch scharfe Geschütze ein ernstzunehmender Gegner wie Tommi auch immer auffährt. Nun, heute gelang es uns nicht.

»Weißt du übrigens, warum Grit ihre Schwangerschaft unterbrechen ließ?« (Grit ist die aus der Gesangsgruppe, die immer sagte, sie wünsche sich auch endlich so ein »Alibibaby«, welches sie für alle Zeiten von der Fron der Arbeit bei der Elektrizitätsgesellschaft befreien würde.)

»Nein«, sagte ich gierig vor Sensationslust, »los, erzähl!«

»Ja also, sie war doch schon im dritten...«

Tommi hat Durst.

»Und wo sie doch jahrelang darauf gewartet hat und da...«

Tommy stirbt vor Hunger.

»Und eines Tages ruft sie an...«

Tommi fegt die Mozartbüste vom Klavier. Während ich die Blumenvase vor dem Absturz rette, fragt Biggi, ob ich eigentlich schon wüßte... Und ich zische ihr zu, daß ich es eben *nicht* weiß, aber bei Gott noch erfahren werde, das werden wir doch mal sehen, und daß es nicht weiter schlimm ist, daß Tommi das Bücherregal bis auf seine Eingeweide zerlegt und sein Bächlein in die Gehirnschale von Mozart macht, lieber soll Biggi doch endlich mal erzählen, warum Grit eigentlich das Baby nicht haben wollte, auf das sie so erpicht war wie wir auf einen gut bezahlten Job bei den Elektrizitätswerken. Und während ich die Staubflusen aus dem Saftkrug fischte, die Tommi hinter dem Regal gefunden hatte, merkte ich zu meinem Entsetzen, daß mein Kopf wakkelte und ich nichts dagegen tun konnte.

»Dreizehn Jahre waren Ben und Grit verheiratet«, flüsterte Biggi mit heiserer Stimme, »und dann hat es endlich geklappt, und da kommt sie eines Tages an und... *Tommi*, wenn du jetzt nicht augenblicklich brav bist, gehen wir *sofort* nach Hause.«

Zwei Stunden später rief ich sie an und brachte die Rede noch einmal auf den Schwangerschaftsabbruch, und dabei stellte sich zu meinem Erstaunen heraus, daß Grit den kleinen Tommi gar nicht gekannt hat. Ihre Schwangerschaft habe sie unterbrochen, weil... An dieser Stelle mußten wir leider abbrechen, weil sich Tommi entschlossen hatte, dem Geschehen auf der Straße auf dem Balkongitter sitzend zuzusehen.

»Ich ruf morgen wieder an«, schrie Biggi, »und den Tommi bringe ich erst wieder mit, wenn er gelernt hat, sich anständig zu benehmen.«

Unter uns, es würde mir nicht das geringste ausmachen, ihn

vor seinem neununddreißigsten Geburtstag nicht wiederzusehen!!!

So, liebe Freundin, hier ist es im Augenblick friedlich und still. Eine Idylle aus dem Buch »Das Familienleben«. Lil ist soeben, angetan mit der Bluse, die sie sich durch ihren selbstlosen Einsatz verdient hat, zu einer Verabredung getänzelt. Benno I gibt sich dem Fernsehgenuß hin, und Benno II schläft. Wie niedlich sind doch die Kleinen, wenn sie in weichgespülten Frotteeanzügen und frischgebadet im Bettchen liegen und man ziemlich sicher sein kann, daß sie die nächsten zwölf Stunden auch drinbleiben.

Schreib mir bald, ich hungere nach Anregung.

Deine Lisbeth

PS: Ich las das Buch einer Feministin, die ihren Kleinen ganz allein und in einem schäbigen möblierten Zimmer mit Tauchsiederküche aufzog und auf 299 Seiten detailliert die Liebesspiele beschrieb, die sie, um sich von Zwängen zu befreien, mit 72 Liebhabern trieb. Ich las das Buch mit trockner Kehle, grün vor Neid. Wie zum Teufel, Paula, hat dieses Weib es angestellt, daß ihr Kleiner im entscheidenden Augenblick kein einziges Mal Pipi mußte?

15. April

Liebe Paula,
vielen Dank für Deinen Anruf am Vorabend meines Geburtstages! Du hattest die Stunde gut gewählt, spät genug, um sicher zu sein, daß sich Benno II im ersten Tiefschlaf befand, früh genug, um die berechtigte Hoffnung zu hegen, daß Benno I noch nicht vom Hallentraining zurückgekehrt war. Aber Du geliebtes, freiheitsliebendes, Männer einfach verlassendes Wesen, hast Du Dich so weit von der »Es war doch auch einmal dein Leben«-Ebene entfernt, daß Du die Daten, wer wann gegen wen spielt, nicht mehr im Kopf hast? Schwebst Du so meilenweit über alldem, daß Du nicht *weißt*, daß am Donnerstag abend »Rot-Grün-Superman« gegen »Borussia-dribbel-dich-weg« antrat und der

männliche Teil der Nation atemlos vor dem Fernseher hockte, um per »Schieß doch! Warum schießt der Drecksack denn nicht?« mitzumischen? Du hättest doch merken müssen, wie verkrampft ich das eine über das andere Mal »Nein, wie nett, daß du anrufst!« ausrief, anstatt die Frage zu erörtern, ob man mit vierzig nicht doch zu alt ist, ein neues Leben zu beginnen. Ich war beinahe erleichtert, daß Benno Deinen infamen, vollkommen unwichtigen, durch nichts entschuldbaren Anruf (wie kannst Du es *wagen*, Rot-Grün-Superman zu ignorieren!!!) entschlossen beendete, indem er kurzerhand den Fernseher auf volle Lautstärke drehte.

Es war süß von Dir zu fragen, ob der Kleine etwa noch nicht im Bett sei.

Nein, der Kleine war noch nicht im Bett, und wenn Du wieder einmal anrufst, um das oben erwähnte Problem zu erörtern, dann informiere Dich bitte vorher, ob irgendein wichtiges Spiel ansteht.

Mein Geburtstag fiel mir in diesem Jahr nicht ganz so sehr auf die Nerven wie sonst. Ich hatte mir Geschenke jeglicher Art verbeten, da ich die Freudentränen beim Anblick eines neuartigen Gemüsehobels oder einer »Hier-kocht-die-Chefin-selbst«-Schürze für sonntags mit zunehmendem Alter nicht mehr zustande bringe. Ich bring's einfach nicht! Benno I ließ sich nicht abschrecken und überreichte mir den obligaten Rosenstrauß (um ihn von einer einmal eingegrabenen Gewohnheit abzubringen, müßte man eine Maschine bemühen, die die Erde in zwei Hälften trennt), und ich sagte: »Oh, wie lieb von dir«, und er sagte, daß ich mich eigentlich kaum verändert hätte seit damals, als er mich zum allererstenmal an der Straßenbahnhaltestelle Alexanderplatz stehen sah. (Im Ernst!) Dann murmelte er etwas von »Meeting« und »heute etwas später kommen« und eilte, hastig auf die Uhr blickend, davon. Während ich die Wasserhähne polierte (weißt Du, daß man den Belag, der sich immer unten am Fuß der Hähne bildet, ganz toll mit dem Mittel für die Geschirrspülmaschine wegkriegt? Oder spielen Wasserhähne in Deinem neuen Leben keine Rolle mehr?) – also während ich im Bad beschäftigt war, fiel mir plötzlich mit Entsetzen auf, daß die Möglichkeit, mich auch heute noch, genau wie vor zweiundzwanzig Jahren, an der Straßenbahnhaltestelle Alexanderplatz kennenzulernen, unverhältnismäßig hoch ist, derweil sich Benno längst bis zum Parkhaus Alexanderplatz weiterentwickelt hat!!!

Nachmittags kam Änne vorbeigeschneit, packte Kuchen aus, pflanzte sich auf das Sofa, fragte, ob man die Bezüge desselben eigentlich auch waschen könne, die meisten Sofas seien ja heute so praktisch ausgestattet (ganz im Gegensatz zu früher), und kam dann ohne Übergang auf ihr derzeitiges Lieblingsthema: *Was* wird mit Lil geschehen, *wenn* sie im übernächsten Jahr das Abitur hat. Ich antwortete wahrheitsgemäß, daß ich es nicht wisse. Sie bedachte mich mit einem jener Blicke, in denen sichtbar die Drohung flackert, es bald nicht länger hinnehmen zu können, daß ich meine Vormittage in Rikkis Bierpinte und meine Nächte im »Chez nous« verbringe.

Schließlich sagte sie: »Ja, wird es denn nicht endlich einmal Zeit, daß du mit Lil darüber sprichst?« Ich erwiderte matt, das hätte ich bereits mehrfach versucht, der Versuch hätte jedoch kein rechtes Resultat gebracht. Daraufhin hielt sie mir einen längeren Vortrag darüber, daß es heutzutage gar nicht so leicht sei, überhaupt einen Studienplatz zu kriegen, und wenn man einen hätte, sei es gar nicht so leicht, ein passendes Zimmer zu finden, und wenn man ein passendes Zimmer hätte, dann sei es mehr als fraglich, ob der Student überhaupt jemals sein Ziel erreiche, und wenn er es erreicht hätte, dann müsse er immer noch zusehen, überhaupt eine Stelle zu kriegen. Ob ich mir eigentlich schon einmal überlegt hätte, daß die Zahl der Studenten, die sich auf öffentlichen Treppen liegend mit glasigen Augen dem Haschrausch hingäben, bedeutend höher sei als die Zahl derer, die ihre Studien betrieben, und welche Gefahr dieser Umstand für Lil darstelle?

Ich starrte sie schweigend an, und sie starrte schweigend zurück, sichtlich von der plötzlichen Erkenntnis bewegt, daß die, die heimlich Hasch nahm, ich selbst sei – bei der Gleichgültigkeit, mit der ich meine eigenen Kinder ins Unglück rennen lasse. Klar, daß Benno I es niemals soweit gebracht hätte, wenn sie, Änne, nicht stets ein wachsames Auge auf ihn gehabt hätte.

Sie nervte mich heute mehr als gewöhnlich, und als Lil von

ihrem Jazz-Dance-Training zurückkam, schrie ich sie an, ob sie sich eigentlich schon einmal überlegt habe, was sie nach dem Abitur machen wolle, es werde ja wohl verdammt langsam Zeit, schließlich sei es ja nur noch ein Jahr bis dahin. Sie blickte mich schweigend an, und der Knopf in ihrem linken Ohr blinkte gefährlich. Dann sagte sie mit ruhiger Stimme: »Ich weiß es noch nicht!« – »Was soll das heißen«, keifte ich und räumte mit zittriger Hand einen Stapel »blaue Blume« in die Vitrine und teilte ihr dann mit erhobener Stimme mit, daß es nämlich heutzutage verdammt schwer sei, überhaupt einen Studienplatz zu bekommen, und verdammt schwer, das Ziel des Studiums jemals zu erreichen, und verdammt schwer, einen Arbeitsplatz zu erringen, wenn man es schließlich erreichte. »Die Prozentzahlen derer, die ihre Studentenzeit damit verbringen, mit glasigen Augen auf schmierigen Treppen herumzuliegen, sind jedenfalls um einiges höher als die derjenigen, die sich ihrem Studium widmen«, brüllte ich ihr nach, als sie die Treppe hinaufging. Sie wandte sich um und sagte: »Sieh mal an!«

Am Abend rief Änne an und sagte, sie wolle sich für heute nachmittag entschuldigen, sie habe nicht so heftig werden wollen, aber schließlich könne ihr wohl keiner verbieten, daß sie sich Sorgen mache. Am Abend lud ich Lil zu einem Glas Sekt ein und entschuldigte mich für meinen Ausrutscher von heute mittag und fügte hinzu, daß sie es mir aber nicht übelnehmen könne, daß man sich als Mutter eben auch mal Sorgen mache. Sie nahm die Entschuldigung gnädig entgegen und sagte, daß Mütter, die sich Sorgen machen, in der Beliebtheitsskala ganz unten rangieren und daß keiner in ihrer Clique bisher wisse, was er nach der Schule anfangen würde. Die Jungen seien direkt froh, daß sie zunächst mal zum Barras müßten und die entsetzliche Entscheidung für ein Jahr vertagen könnten. Sie selbst wisse jedenfalls bis jetzt nur, welche Art von Arbeitsplatz sie auf keinen Fall anstreben werde: den von Benno I (versteinert) und den von mir. Taktvollerweise sprach sie nicht aus, welches Adjektiv sie mit meinem verbindet.

Ich sage Dir, Paula, das Mädchen ist intelligent, sie wird ihren Weg machen. Alles Gute für den Deinen.

Deine Lisbeth

PS: »Rot-Grün-Superman« gewann übrigens gegen »Borussia-dribbel-dich-weg« mit vier zu drei. (Elfmeter von Schreier!) Der Abend verlief friedlich. Ich bin den Jungs dankbar.

Ende April

Liebe Paula,
vielen Dank für Deine Karte aus dem Wochenendseminar »Ich lebe allein – und wie!« und Deinen Brief von letzter Woche. Du hast vollkommen recht, wenn Du schreibst, daß es ungerecht ist, wenn ich Änne den Verdacht unterstelle, meine Nächte im »Chez nous« zu verbringen und die Kinder zu vernachlässigen, und daß meine diesbezügliche Annahme nichts weiter als maskiertes Wunschdenken ist, welches *ich* in *ihren* Blick hineininterpretiere.

Wie heißt Dein derzeitiger Psychoanalytiker? Ich möchte ihm meine Neurosen widmen.

Ach Pauline, alte Freundin, die Du mit Deinen beiden Männern auch gleich die Schwiegermutter mit losgeworden bist (ich finde, dies ist ein Punkt, der bei Scheidungen viel zuwenig beachtet wird), wie sehr ist mir bewußt, daß ich Änne zu einer Klischeefrau mache, und natürlich ist es nicht verwerflich, daß sie ihren Sohn liebt. Aber glaube mir, sie *ist* ein Klischee, und es gelingt mir einfach nicht, sie auch nur ein bißchen gern zu haben oder doch wenigstens die Nackenmuskeln nicht sofort zu verspannen, wenn sie in der Nähe ist. Dabei behandelt Benno sie zuweilen abscheulich, weil sie ihm mit ihren ewigen Fragen nach seinem leiblichen Wohl und ihren »Ich weiß, daß du Zimtröllchen so gern magst«-Mitbringseln unsäglich auf die Nerven fällt. Doch anstatt die Situation selbstkritisch zu erkennen und mir, ihrer Mitschwester, verschwörerisch zuzublinzeln und mich mit einem heimlichen »Lassen wir den sturen Bock doch vor seinem Fernseher und hauen wir ab ins Café«-Blick zur Seite zu ziehen, um über einem Erdbeertörtchen die Frage zu erörtern, warum das Leben mit einem Mann sowenig Spaß macht, macht sie ihn erst rasend und teilt dann *mir* mit, daß *er* bleich aussieht. Und das trotz der fünf Zimtröllchen, die sie ihm soeben zusammen mit einem Häppchen Liebe aufgezwungen hat. Ich glaube, insgeheim wirft sie *mir* vor, daß sie *ihm* auf die Nerven geht. Was wünscht sie sich denn? Daß *er sie* mit einem verschwörerischen »Lassen wir die blöde Trine doch an ihren Kochtöpfen murksen und hauen wir ab ins Café«-Blick zur Seite zieht, um über einem Erdbeertörtchen die Fragen zu erörtern, warum das Zusammenleben mit einer Frau sowenig Spaß macht und ob Faltenröcke nicht doch auftragen?

Wird der Kleine das später mit mir tun? Und wenn nicht – werde ich meine Schwiegertochter Manuela-Viola dann dafür hassen? Ich glaube, so gesehen ist es besser, Töchter zu haben. Die Chance, später dann und wann ohne die Notwendigkeit eines Dritten in der Funktion eines Gesprächsleiters entspannt miteinander plaudern zu können, ist einfach größer. Im Ernst, Paula, ich finde, daß Frauen, die sich nicht miteinander solidarisieren, einfach dumm sind. Änne ist, was das betrifft, ganz besonders dumm. Wie schön könnte sie es mit mir haben. Aber der Neid, der ihr das Herz vergiftet, weil ich ihren Benno *und* alle meine kleinen Helfer im Haushalt habe, und mein kleinlicher Zorn darüber, daß es ihr ein leichtes gewesen wäre, Benno *rechtzeitig* beizubringen, wie man eine Waschmaschine betätigt oder ein simples Steak brät, lassen freundschaftliche Gefühle nicht zu. – Solltest Du, an dieser Stelle meines Briefes angelangt, spontan beschließen, Benno II zu Weihnachten eine Puppe, die Pipi macht, und einen kleinen Herd samt Ausstattung zu schenken, so möchte ich Dich bitten, dies zu unterlassen. Ich will nicht, daß er von seinen kleinen Kollegen ausgelacht wird. Versteh mich recht: Ich fühle mich ebenso außerstande, die Welt zu verändern, wie ich mich außerstande fühle, deren Zustand klaglos hinzunehmen. Aber eines werde ich *nicht* tun: Ich werde Manuela-Viola nicht rügen, wenn sie sich weigert, sich lebenslänglich für seine Unterhosen verantwortlich zu fühlen. Er wird ohne ins Büro gehen müssen.

Ich finde es sehr komisch, daß es Werner komisch findet, daß Du nach fünfzehn Hausfrauenjahren keine Stellung findest und er Dich daher noch immer am Hals hat. Ich an Deiner Stelle würde auf jeden Fall darauf bestehen, daß er Dir eine Ausbildung finanziert, schließlich hast Du zur Finanzierung seiner Ausbildung doch nicht unerheblich beigetragen. Oder war das in einem anderen Fall der Fall? Bei all den Scheidungen der letzten Zeit komme ich zuweilen durcheinander. Den ganzen Ärger mit dem Auszug, der erfolglosen Jobsuche und der Anstrengung des »Wieder-auf-die-Beine-kommen-Müssens« hättest Du Dir übrigens ersparen können, wenn Du vorher auch nur ein bißchen nachgedacht und nicht kopflos die Flucht ergriffen hättest: Eine amerikanische Mitschwester gab eines Tages folgende Annonce auf: »Ehemann zu verkaufen! Zehn Jahre gebraucht, gut erhalten, selten zu Hause. Mitgeliefert werden: eine komplette Anglerausrüstung, eine komplette Tennisausrüstung, eine komplette Segelausrüstung (mit Boot), eine komplette Jagdausrüstung, ein dressierter Jagdhund, vierzehn Hemden (bügelfrei), Unterwäsche, diverse moderne Oberbekleidung für alle Gelegenheiten (Markenartikel), Preis: Verhandlungssache.«

Es gingen waschkörbeweise Zusendungen ein. Höchstangebot 50000 Dollar. Die Dame wurde so berühmt, daß sie sogar im Fernsehen auftrat und eine eigene Sendung moderierte. Inzwischen hat sie so viel Auftritte gehabt und so viel Geld verdient, daß sie den Knilch selbst behält, zum Ausfüllen der Steuerformulare und für sonntags. Abgesehen davon, daß ich nicht glaube, daß irgendwer für Werner 50000 Dollar auf den Tisch legt, hätte man den Versuch starten sollen. Ich sah Werner Freitag kurz an der Tür, als er Benno zum Tennistraining abholte. Er sah weniger nach strahlender Held als nach »Heute haue ich mir das dreihundertzweiundzwanzigste Spiegelei in die Pfanne« aus. Daß etwas so offensichtlich Schwieriges wie Kochen so wenig gewürdigt wird, wenn man es kann...

Ich wollte Dir übrigens noch sagen, daß es richtig guttat zu lesen, daß Du anhand meiner Briefe festgestellt hast, daß ich (Zitat) »doch eine gehörige Portion Aggressionen in mir habe, welche ich nur mal richtig rauslassen müßte«. Willst Du, daß ich einen Atomkrieg auslöse? Danke auch für den Titel, den Du mir verliehen hast, den Titel einer »verhinderten Emanze«. Es ist das erste Mal, daß mir jemand überhaupt einen Titel verleiht, und ich werde ihn mir an die Bluse stecken, wenn ich ausgehe. Bei intensiverem Nachdenken fällt mir allerdings auf, daß bei dem Titel der Schwerpunkt nicht auf der »Emanze« liegt, sondern auf dem Wort »verhindert«.

Manchmal denke ich, daß ich nicht nur eine verhinderte Emanze bin, sondern daß vielleicht auch eine verhinderte Gaswerksdirektorin, ein verhinderter Orchideenzüchter und eine verhinderte Bundestagspräsidentin in mir stecken und sie mich alle ständig an der Seele zwicken, weil sie, um Deinen Psychiater zu zitieren, »rauswollen«. Nur, *wenn* ich es wäre, käme sicher eines Tages der Moment, in dem ich die Orchideen niedertrampeln und das Regierungsgebäude mittels Sprühflaschenparolen ruinieren würde: Es würde an jenem Tag geschehen, an dem sich die verhinderte Mutter in mir nicht länger unterdrücken ließe. Nur Benno I hat alles zusammen.

Laß Dir von Deiner Mutter keine Schuldgefühle einjagen, »weil Du Dein Kind« verlassen hast. Es geht ihr weniger um die Sorge um ein verlassenes »Kind« als vielmehr um den Verlust eines liebgewonnenen Themas: Sie wollte bis an ihr Lebensende mit Dir über die Schandtaten von Werner klatschen! Meine Mutter kommt Ende nächster Woche aus den Staaten zurück. Glaub mir, die fliegenden Omas sind mir die liebsten. Neben ihr komme ich mir hausbacken, blöd und zutiefst provinziell vor. Wenigstens brauche ich mir bloß die Nägel zu lackieren, ehe sie kommt, und muß nicht hinter der Kommode im Gästezimmer Staub wischen, für den Fall, daß ihr ein Klämmerchen dahinterfällt. Lil greift sich meine letzte Zigarette, in der Küche zischt unheildrohend etwas vor sich hin, und der Kleine schreit wie am Spieß. Im Laufschritt zurück an die Front.

Deine Lisbeth

Weißer Sonntag

Liebe Paula,
entschuldige, daß ich so lange nicht geschrieben habe, aber Mutter war hier, und außer zu den allernotwendigsten Tätigkeiten – wie der Tätigkeit im Haushalt und der Tätigkeit, Mutter staunend anzusehen – kam ich einfach zu nichts. Mutter staunend anzusehen ist eine Beschäftigung, die einen allein sechzehn Stunden am Tag vollkommen ausfüllt. Ich holte sie vom Flugplatz ab und irrte bereits zwei Stunden vor Ankunft der Maschine aufgescheucht wie ein ausgesperrtes Huhn in der Halle herum, voller Frust, daß ich sie vielleicht an der falschen Stelle erwarten und verpassen könnte. Glaube mir, nach zwanzig Jahren in der Küche erscheint mir jeder Raum, der größer als zehn Quadratmeter und nicht mit Fichtenholzmöbeln ausgestattet ist, verwirrend und exotisch wie der afrikanische Urwald.

Sie kam! Ganz in Lavendelblau. Lavendelblaues Kleid, lavendelblaues Cape, lavendelblaues Fransentuch lässig über dem Arm. Ich hatte sie acht Jahre nicht gesehen und muß gestehen, daß sie zu den wenigen Frauen gehört, die einen lila Seidenturban über straff zurückgekämmtem Haar tragen können, ohne sofort wie Elisabeth II. zu wirken. Während der gesamten Dauer ihres Besuchs fesselte sie uns mit amüsanten Geschichten aus den USA und Geschichten aus ihrem bunten Bekanntenkreis und streute Anekdötchen ein, so daß man den Eindruck gewann, den Leuten, die sie kennt, passieren nur Dinge, die man später für den Memoirenband »Harry privat« verwenden kann. Sie können keine Krawatte kaufen, ohne daß irgend etwas irrsinnig Komisches geschieht. Lil und Benno I hingen wie gebannt an ihren Lippen. An dem Kleinen zeigte sie wenig Interesse (er verstand ihre Witze nicht), aber Lil und Benno I zog sie voll in ihren Bann. Sie führte den Fünfuhrdrink ein, und zu einer Stunde, in der Lil sonst aushäusig oder in ihrem Gemach verschwunden ist und ich bemüht bin, das Abendessen vorzubereiten, und Benno I gewöhnlich anruft, um mir mitzuteilen, daß er heute später kommt, hing die Familie in den Polstern, ein grünes Getränk in der einen, eine Zigarette in der anderen Hand, und spielte Denver Clan. Das heißt, die anderen spielten Denver Clan. Eine

Rolle, mit der ich mich identifizieren könnte, müßte erst noch in die Serie hineingeschrieben werden, obwohl ich hochhackige Schuhe und den Anzug aus silbergrauem Satin trug, den Mutter mir aus Amerika mitgebracht hat, und mich für unsere Drinkstunden parfümierte und Lidschatten auftrug. Aber wenn ich dann anschließend in die Küche ging, um unser Abendessen vorzubereiten, mußte ich den schicken Anzug per »Hier kocht die Chefin selbst« seines Charmes berauben. Siehst Du, Paula, das ist der tiefere Grund, weshalb die attraktivste Hausfrau irgendwann den Schick ihres Schrubbers annimmt: Man kann nur silbergraue Satinanzüge und Schuhe aus Atlasseide tragen *oder* einen Schweinebraten wenden, und man kann entweder nach Soir de Paris *oder* nach Fritierfett duften. Mutter duftete immer nach Soir de Paris, und ihre Quelle amüsanter Erlebnisse versiegte nie. Sie brauchte nur zum Bäcker zu gehen (sie tat es während der zweiwöchigen Dauer ihres Besuches dreimal!), und schon erlebte sie etwas so Originelles, daß man es förmlich im Feuilleton einer überregionalen Zeitung unter dem Motto »Erlebt – notiert« gedruckt sah. (Der Bäcker fragte mich gestern, wer die Dame gewesen sei, er wollte nicht glauben, daß wir miteinander verwandt sind!)

Lil war geradezu versessen darauf, sich mit ihr zu unterhalten. Mutter ließ sich, in den Sessel zurückgelehnt, die Beine übereinandergeschlagen, die Lage der Schulabgänger und Studenten schildern, und nachdem man sie ihr geschildert hatte, versuchte sie nicht, in Lils Inneres einzudringen und ihr unheilvolle Prognosen ins Hirn zu hämmern, wie Änne das tut, sondern legte jenes warme, distanzierte Interesse an den Tag, das so wohltuend ist.

Lil sagte: »Die andere Oma (hier bemerkte ich, wie Mutters Liddeckel irritiert bebten) und *sie* (Blick zu mir) sind ständig hinter mir her mit der Forderung, mir doch bitte einmal vorzustellen, was geschieht, wenn ich keinen Studienplatz bekomme oder wenn ich, im Falle, daß ich ihn bekomme, das Studium nicht zu Ende bringe oder wenn ich, sollte ich es zu Ende bringen, keinen Job finde!«

Mutter steckte sich eine neue Zigarette an, wippte ein bißchen mit der Fußspitze, blies nachdenklich den Rauch in die Luft und sagte schließlich: »Na, dann tu ihnen doch den Gefallen und stell es dir vor. Stell dir vor, daß du tatsächlich weder das eine noch das andere hinkriegst, und du wirst zu dem Resultat gelangen, daß ein gescheites Mädchen wie du dann einen anderen Weg finden wird, um durchs Leben zu kommen.« Ich fühlte mich wie abgeknallt und zusätzlich mit »der anderen Oma« auf eine unrühmliche Stufe gestellt.

In den ersten Tagen ihres Besuches schlich ich nur so herum, und es tat mir weh, in welchem Maße sie die Familie faszinierte, ohne daß sie auch nur ein einziges Mal aufstand, um irgendeinen niedrigen Dienst für sie zu verrichten. Das heißt, einmal begab sie sich in die Küche und fabrizierte irgendeine exotische Sache aus Putenleber und Bananen, die ziemlich mäßig schmeckte, wenn Du mich fragst, und für die sie die Küche in ein Schlachtfeld verwandelte, aber die Meinen fraßen es, als ob es Lerchenzunge in Madeira wäre.

Nach einigen Tagen hatte ich jedoch meinen Unmut überwunden (sie bezaubert wirklich *jeden*, wenn sie es darauf anlegt), und wir saßen morgens, wenn die Sippe das Haus verlassen hatte, lange in Morgenröcken am Kaffeetisch und klönten. Wenn ich vergesse, daß sie meine Mutter ist, kann ich mich direkt damit brüsten, eine so interessante Persönlichkeit in meinem Bekanntenkreis zu haben. Sie hat sich vielleicht wenig um mich gekümmert, als ich Kind war (sie zog die über Zehnjährigen schon immer als Gesprächspartner vor), aber das ist schließlich *mein* Problem. Jedenfalls hinterließ sie ein Loch, als sie wieder wegfuhr, und die Fünfuhrdrinks, die Klönvormittage und die schüchternen Versuche, das Haar einmal anders als gewöhnlich zu tragen, hörten wieder auf. Anstatt einen lila Drink in der Hand zu halten und »Pam wartet auf den Abflug« zu spielen, fielen wir bald wieder in die Jedermannrolle zurück, und selbst ich hatte mich so sehr als die Zofe von Joan Collins gefühlt, daß es mir schwerfällt, nur noch die Zofe von Benno I zu sein! Der Kleine war übrigens in der letzten Zeit so artig und still wie lange nicht: Wahrscheinlich hatte er Mutters Auftritte für eine spannende Variante vom Kasperletheater gehalten.

Der Hauch der großen weiten Welt zitterte noch ein wenig im Raum und wurde dann unter unserer Alltäglichkeit erstickt. Während ich gestern eine Bluse für Lil bügelte, lehnte sie am Küchenschrank und sagte träumerisch: »Ach, Schatzi, wie ich dich um deine Mutter beneide!« Ich entgegnete knapp, früher sei sie gar nicht so toll gewesen, sie habe als Oma gewonnen – die Konkurrenz sei kleiner geworden! Lil warf mir einen Blick zu, dem unschwer zu entnehmen war, daß sie insgeheim der Meinung ist, um Mutters Wert richtig einschätzen zu können, mangle es mir ganz einfach an Intelligenz. Wahrscheinlich hat sie recht!

Das Haus ist in einem furchtbaren Zustand. Während Mutters Anwesenheit war es »Bohème«, nun erinnert es eher an »Hinterhaus, dritter Stock«. Gestern gab die Waschmaschine ihren Geist auf, und ein Klumpen nasser Wäsche liegt in der Badewanne. Mutter würde ein amüsantes Histörchen aus der Angelegenheit machen und den Kram aus dem Haus geben.

Ich eile zurück in die Sielen. Mir ist schmerzlich bewußt, daß es sehr viel interessanter ist, die Witwe eines Schickeriaarchitekten zu sein als die Frau eines leitenden Angestellten.

Der leitende Angestellte fragt, wo er baden soll. (Woanders!!!)

Leicht deprimiert, Lisbeth

PS: Holte heute den Satinanzug aus der Reinigung. Der dicke Fettfleck am Revers ist nicht mehr herauszukriegen. Ich sage ja, man kann nur silbergraue Satinanzüge tragen *oder*...

Ende Mai

Liebe Paula,
bitte frag Deinen Seelendoktor, was das ist: Tante Trudchen ruft an und flüstert, ehe sie auch nur guten Tag sagt, mit demütig gesenktem Stimmchen: »Störe ich?« Und ich hätte nicht übel Lust, sie anzubrüllen, warum und vor allem *wobei* sie mich denn schon stören soll! Und dann ruft Änne an, und ohne auch nur ein

einziges einleitendes Wort zu sagen, verpaßt sie mir die Mitteilung, daß sie gerade dabei sei, eine Sammelbestellung aus einem Katalog für die neue Sommermode zusammenzustellen, und fragt, ob ich mich beteiligen wolle und ob mir in diesem Falle ein siebzehnteiliges Löffelset zum An-die-Wand-Hängen oder eine Garnitur Topflappen mit passenden Spültüchern lieber wäre. Und ich presse durch die Lippen, daß ich mir weder das eine noch das andere, sondern *etwas ganz anderes wünsche*! Und denke, daß sie weiß Gott doch zuerst einmal guten Tag sagen könnte und außerdem durchaus die Frage angebracht sei, ob sie mich mit ihrem Anruf vielleicht bei irgendeiner wichtigen Arbeit störe.

Wenn Lil zwei Abende hintereinander zu Hause ist und nicht am Abendessen teilnimmt, weil spätes Essen angeblich dick macht, und dann in der Zeit von sieben Uhr bis elf Uhr etwa zweiunddreißigmal den Kühlschrank nach etwas Eßbarem durchforstet, quetsche ich durch die Zähne, ein Mädchen in ihrem Alter sollte nicht so viel zu Hause herumhängen, und wenn sie weggeht, rufe ich ihr nach, auch Mädchen in ihrem Alter könnten durchaus mal einen Abend in der Familie verbringen. Spielt der Kleine draußen und kommt alle fünf Minuten angeklingelt, drohe ich ihm an, daß er beim nächsten Klingler unverzüglich und für *immer* ins Haus kommt, und wenn ich zehn Minuten nichts von ihm höre, renne ich wie eine aufgeregte Glucke herum und sehe seinen kleinen leblosen Körper bereits irgendwo im Gebüsch verscharrt.

Inzwischen ist es bereits so weit mit mir gekommen, daß ich es auch mir selbst nicht mehr recht machen kann. Sitze ich morgens gemütlich am Kaffeetisch und lese in Ruhe die Todesanzeigen, weise ich mich angewidert zurecht, daß ich immer noch hier sitze, anstatt endlich einmal die Schlafzimmergardinen abzunehmen. Und nehme ich sie ab, so teile ich mir hämisch mit, daß ich eine richtig spießige Hausmaus bin, die es nicht einmal mehr schafft, ein einziges Mal den Haushaltskram sausenzulassen, um zum Beispiel in Ruhe am Kaffeetisch sitzenzubleiben und die Todesanzeigen zu lesen. O Pauline, ich glaube, ich bin auf dem besten Wege, das launischste Frauenzimmer der Welt zu werden, dem es niemand mehr recht machen kann, am wenigsten ich selbst. Gestern ertappte ich mich bei dem geradezu zwanghaften Bedürfnis, den großen Ohrensessel im Keller zu verstecken, nur damit Benno seine Anzugjacke nicht mehr über die beiden Bakken hängen kann, wenn er heimkommt. Ich habe dann schließlich von dem Vorhaben Abstand genommen, aber nur, weil ich nicht wußte, wie ich das sperrige Ding die Treppe runterkriegen sollte. Bitte behandele diese Mitteilungen vertraulich, aber frag Deinen Seelendoktor, ob ich Betreuung brauche. Den ganzen Winter über habe ich mir eingeredet, daß es besser mit mir wird, wenn erst der Sommer da ist – aber der Sommer ist da!!!

Gestern war Tante Trudchen, Ännes sanfte Schwester, hier. Ich mag sie gern, sie hat etwas von Rotkäppchens Großmutter an sich. Ohne zu zögern, würde sie sich vom Wolf fressen lassen, wenn Rotkäppchen nur lebend davonkommt. Im Gegensatz zu Änne macht sie sich keinerlei Gedanken darüber, ob Lil einen Platz an der Universität bekommt, vielmehr bewegt sie die Frage, wie Lil den Weg dorthin unbeschadet übersteht, ohne

a) unter ein Auto,

b) unter einen Dealer,

c) unter einen Sittenstrolch zu geraten, wobei ich nicht ganz sicher bin, ob sie nicht Autos insgeheim auch für Sittenstrolche hält. Dann wandte sie ihre Aufmerksamkeit den Gefahren innerhalb der Wohnung zu, in der ihr, gemessen daran, wie unkontrollierbar kleine Kinder sind, eigentlich alles gefährlich schien, angefangen von sämtlichen Helfern im Haushalt bis hin zum WC-Reiniger und den giftigen Primeltöpfchen auf der Fensterbank. »Die Matte ist auch nicht in Ordnung«, sagte sie, nachdem sie sich bereits verabschiedet hatte. »Sie rutscht!« – »Ich wollte schon immer eine neue besorgen«, sagte ich und flehte mich innerlich um Geduld an. »Nimm eine mit geriffelter Unterseite«, sagte sie. »Sie sind sicherer!« Ich ging nachdenklich ins Wohnzimmer zurück und dachte, daß Tantchen sich sicher seit langem darüber wundert, uns bei jedem Besuch noch vollzählig und lebend anzutreffen, und schließlich wunderte ich mich selbst darüber.

Drei Tage später! Bin ein bißchen erschöpft, aber vollkommen glücklich! Habe mich in den letzten Tagen einem ausgiebigen Hausputz, verbunden mit einem ausgiebigen Nahkampf, Parole »Das brauche ich noch«, hingegeben. Ich bin der Meinung, daß es sinnlos ist, überhaupt Hausputz zu veranstalten, wenn man nicht die Gelegenheit nützt, Überflüssiges auf den Müll zu werfen. Benno meint, wenn es danach ginge, würde ich auch die gesamte Kücheneinrichtung, die Couchgarnitur und die Hälfte seiner Garderobe wegschmeißen, allez hopp, einfach so, einfach, ohne zu überlegen, einfach, als ob das alles nichts gekostet hätte. Deshalb sei es weise eingerichtet, daß er allein bestimmt, was in unserem Hause überflüssig ist: nämlich nichts!

Mit Ausnahme vielleicht des Fläschchens mit dem eingetrockneten Rest Nagellack, das ihm immer auf die Zehen fällt, wenn er im Badezimmerschrank nach dem Rasierwasser fahndet. Aber selbst bei diesem würde er noch überlegen, ob man es nicht in gereinigtem Zustand sehr schön als Väschen für die abgefallenen Blüten des fleißigen Lieschens benutzen könnte. Ich mistete gestern heimlich seinen Schrank aus, warf eine alte Trainingshose aus dem Jahre 1967 und drei farbbekleckste Cordjeans fort und versteckte sie tückisch kichernd ganz unten im Mülleimer unter einer Schicht Kartoffelschalen und viel klebriger Blumenkohlsauce. Er wird den Verlust niemals bemerken, weil er, *wenn* es tatsächlich etwas zu streichen gibt, garantiert nicht eine eigens zu diesem Zweck seit fünfzehn Jahren aufgehobene alte Hose, sondern die Hose tragen wird, welche er gerade auf dem Leib hat, und wenn es sich um das Beinkleid seines Smokings handelt! Mutiger geworden, werde ich mich morgen über einen Schwung uralter Hemden mit langen spitzen Kragen hermachen, sie in zehn Zentimeter große Stücke zerlegen und die Stücke einzeln bei meinen morgendlichen Einkaufstouren in öffentlichen Papierkörben deponieren. Glaub mir, mein ödes Leben hat enorm an Reiz gewonnen. Ich schleiche durch das Haus und suche es nach Dingen ab, die ich unbemerkt daraus entfernen kann. Und ich werde meine ganze Phantasie in dieses Probjekt hineinlegen. In einigen Monaten werde ich sicher soweit sein, Pappkartons im Garten zu vergraben, in denen sich ein einzelner Skisocken, fünf Dosen mit eingetrockneten Farbresten, eine halbe Rolle Rosentapete, sieben alte Zahnbürsten und dreißig Einmachgläser befinden. Und außerdem ein Paar Wanderschuhe, die sich wie drei Wochen alte Brotscheiben biegen! – Gestern las ich in der Samstagsbeilage unserer Zeitung, daß sich gerade die Hausfrau unbedingt ein kreatives Hobby suchen solle, etwa Töpfern oder Aquarellmalerei, um dem täglichen Frust zu entkommen und damit sich ihre Spannungen lösen. Ich habe vor, denen zu schreiben, daß man seine Spannungen beim Vergraben unnützer Dinge, die aufzuheben einem ein wahnsinniger Ehemann und Haushaltungsvorstand seit Jahrzehnten auferlegt, am besten loswird! Ich überlege bereits, wie groß das Loch sein muß, in welchem ich, Bennos nächste Geschäftsreise ausnutzend, unser Doppelbett versenken werde.

Bis bald, ich muß Schluß machen, denn Benno will den Wagen in die Waschanlage fahren und wird mindestens eine halbe Stunde fort sein. Ich will die Zeit nutzen und seinen alten Rasierpinsel aus dem Haus schaffen. Ich werde ihn zwischen den alten Zeitungen verstecken, die morgen abgeholt werden. Im Schaffensrausch,

Deine Lisbeth

15. Juni

Liebe Paula,
ein bißchen beleidigend war es schon, daß Du Dein Selbsterfahrungsseminar »Sprich mit deiner Gebärmutter« nicht hast sausen lassen und das Gespräch mit Deiner Gebärmutter dem Gespräch mit Freunden aus alten Zeiten so uneingeschränkt vorziehst. Aber Spaß beiseite! Die freundliche Einladung Deinerseits werde ich auf jeden Fall einmal annehmen, so in zehn bis zwanzig Jahren, wenn Benno II alt genug ist, daß er die gelegentliche Abwesenheit seiner Mutter zu schätzen weiß, und Benno I noch rüstig genug, sich ganz allein zum Kühlschrank zu schleppen, die furchtbar schwere Tür zu öffnen und das furchtbar schwere Wurstpäckchen herauszuholen. Das Prinzip Hoffnung ist doch eine handfeste Sache! Es erinnert mich oft an eine gewisse Abbil-

dung eines netten kleinen Esels, der unverdrossen Runde um Runde trabt, weil man ihm eine dicke rote Mohrrübe ans Halfter gebunden hat, die er nie ganz, aber doch immer beinahe erreicht!

Bennos Geburtstag war eine voll gelungene Angelegenheit. Die Gäste sprechen noch heute davon und drängen auf Wiederholung. Es waren achtunddreißig Personen eingeladen: ein paar Kollegen und Kegelbrüder mit ihren Bräuten, die Saunarunde und jene hohlwangigen Typen, mit denen Benno samstags durch den Stadtwald joggt. (Du hättest übrigens bedenkenlos kommen können, soviel ich weiß, befindet sich Werner auf Ibiza.) Ja und dann natürlich Auserwählte vom weißen Sport.

Ich hatte alles gut geplant und mich während der Planung mal nicht wie »Mas Staubtuch« gefühlt, sondern wie der Manager einer reibungslos funktionierenden Firma. Ich besorgte mir ein wichtiges Nachschlagewerk: »Partys für alle Gelegenheiten – gut geplant, gut gefeiert« und ergötzte mich an den wundervollen Farbaufnahmen, auf denen die Schleife am Sonnenhut immer ganz genau zur Farbe des Radieschens oder der Gürkchen paßt, welche die Hutträgerin gerade anknabbert. Daß unsere Gäste (denke nur an Muffi und seine »Ich-muß-unbedingt-abnehmen-Muse« und die hohläugigen Waldsprinter) nicht halb so dekorativ in den Fliederbüschen stehen und ihre Gürtelschnallen auf die Petersilienstengel abstimmen würden, wie die Freaks in dem Buch es taten, mußte ich hinnehmen, aber die rustikalen Holztische, die rustikalen Bänke, die großen Schüsseln aus Bauernkeramik und den überdimensionalen Marktschirm wollte ich unbedingt haben. Und dann natürlich den Feldblumenstrauß in dem großen bauchigen Krug in der Mitte des Buffets. Ich habe ihn bei Blum und Blänter, diesem exquisiten Blumenladen in der City, bestellt, und ich muß sagen, er ist seinen Preis wert gewesen.

Zwei Tage vor dem Fest wurden die Bänke und die Tische gebracht. Zwei gutgelaunte Jungs, die keinen Zweifel daran ließen, daß es Samstag *bestimmt!* regnen würde, kippten die Ladung auf meinen frisch ondulierten Rasen und in die Rosenbeete. Am Freitag lieferte man den italienischen Marktschirm, und er war wirklich von imponierender Größe, aber ob er im Bedarfsfall ausreichen würde, um 38 leichtgekleidete Partygäste vor einem Sommergewitter zu schützen? Benno äußerte seine diesbezüglichen Bedenken so oft, bis ich es ihm gereizt verbot, und schließlich sagte er nichts mehr, sondern beschränkte sich darauf, von Zeit zu Zeit unheilverkündend den Himmel zu betrachten und etwas wie »Ein richtiges Festzelt wäre besser gewesen« vor sich hinzumurmeln. Lil wiederholte zweiundsechzigmal, daß sie es sowieso beschissen finde, in 'nem Land zu leben, »in dem man nie was machen kann!«, und daß sie auf alle Fälle bald in eine südliche Region ziehen werde, bis wir sie inständig anflehten, dies doch sofort, möglichst noch vor der verflixten Party zu tun und sich durch uns nicht aufhalten zu lassen.

In der Nacht von Freitag auf Samstag bat ich mir absolute Ruhe aus und zog mich mit Körben voll Lebensmitteln, einer Rezeptesammlung und dem Buch »Party für alle Gelegenheiten – gut geplant, gut gefeiert« in mein Refugium zurück. Das Buch bot wirklich Ratschläge für Feiern aller Art, angefangen vom kleinen Diner à deux mit einem Zweijährigen im Sandkasten bis hin zum Fest der eisernen Hochzeit im öffentlichen Stadtpark. Ich entschied mich für die Anleitung: Gartenfest für zwanzig bis vierzig Personen, weil sie unserer Idee am nächsten kam und es in dem einleitenden Artikel trostspendend hieß, dies sei eine Art zu feiern, die weder den Geldbeutel noch die Nerven, noch die sonstige Gesundheit über Gebühr strapaziere, ja, daß bei genauer Befolgung des Zeitplans die Hausfrau sogar noch mitfeiern und die Gäste nicht etwa im Rollstuhl empfangen müsse, wie dies bei schlecht geplanten Festen ja leider häufig der Fall sei. Nervöses Mundzucken und Weinkrämpfe beim Anblick des ersten Gastes würden ebenfalls nur selten vorkommen, ebenso wie das peinliche Zusammenbrechen bei der Begrüßung desselben.

Während ich in der Küche stand und nach Plan tausendundein Ding kleinschnitt und in Schüsseln schichtete und mit Sauce übergoß und abschmeckte und kühlstellte und in rasenden Eifer geriet, stand Benno gegen den Kühlschrank gelehnt und machte Vorschläge, wie etwa den, doch einfach für alle Forelle in Aspik zu machen, wie sie sie an Hannes Jubiläum gegessen hatten, oder ein Lämmchen am Spieß zu braten. »Wir hätten vorher über das Essen sprechen sollen«, sagte er grämlich, ehe er gegen Mitternacht zu Bett ging. Ich kroch um zwei total erledigt hinterher und hatte nicht einmal die Hälfte all dessen geschafft, was ich laut Plan eigentlich hätte schaffen müssen, um »am Partytag selbst nichts weiter mehr zu tun zu haben, als fächrig geschnittene Gurken auf die Platten und Lidschatten auf die Augen zu legen«.

Am nächsten Morgen wachte ich auf und wußte, daß ich krank war. Ich hatte Gliederlähmung, asiatische Grippe und eine seltsame Krankheit, die sich dadurch bemerkbar machte, daß ich alle fünf Minuten in Tränen ausbrach und mich ausgesprochen wohl dabei fühlte. Ich stand auf, wusch mir das Gesicht, weinte, schluckte zwei Aspirin und ging wieder zu Bett. Benno brachte mir Kaffee, schlechte Nachrichten und Fleischbrühe und fragte erwartungsvoll, ob es mir nicht schon besser ginge und ich aufstehen könnte. Ich stand wacklig auf, wusch das Gesicht, weinte, schluckte Aspirin und legte mich wieder hin. Gegen vier Uhr war uns allen klar, daß ich an dieser Party bestimmt nicht teilnehmen würde, es sei denn, als Dekoration auf dem kalten Buffet liegend. Kurz bevor der erste Gast eintraf, schleppte ich das Bettzeug in die Bügelkammer auf das Faltbett, schluckte zwei Schlaftabletten, stopfte mir Watte in die Ohren, weinte ein bißchen, dachte: »Nach mir die Sintflut« und wurde erst wieder wach, als mir der Kleine am nächsten Morgen die Finger in die Augen bohrte, um festzustellen, ob ich noch lebte. Dann erschien Lil und teilte mir mit, daß dies die schönste Party der Saison gewesen sei und sich alle königlich amüsiert hätten, denn: »Endlich war es mal nicht so widerlich perfekt durchorganisiert wie sonst immer!« Benno I sei zu Hochform aufgelaufen und habe die Gäste angewiesen, die vorbereiteten Speisen nach eigenem Gutdünken zu vollenden, was alle als »wirklich mal originell« bejubelt hätten. In der Küche sei kein Durchkommen mehr gewesen. Es habe hinterher auch alles wunderbar geschmeckt, nur mit den ausgehöhlten Ananashälften habe niemand etwas anzufangen gewußt, aber mit Teelichtern im Inneren seien sie als stimmungsvolles Licht auf dem Buffet ganz brauchbar gewesen. »Es war gar nicht schlimm, daß du nicht dabei warst«, setzte sie beruhigend hinzu, »bloß Marga hat mal nach dir gefragt, als sie das Fleckenwasser suchte, aber Benno sagte, sie solle dich bloß schlafen lassen, und hat ihr

Terpentin gegeben.« – »Du kannst ruhig weiterpennen«, rief sie mir von der Tür aus zu, »denn um zehn wollen alle wiederkommen, weil sie den guten Benno doch nicht in all dem Dreck sitzen lassen können!« Vergnügt trällernd hörte ich sie die Treppe hinuntergehen. Ich stand auf, wusch mein Gesicht, weinte, schluckte zwei Aspirin und schlief weitere zwölf Stunden.

Als ich gegen Mitternacht, den Bademantel eng um mich gewickelt, die unteren Gemächer aufsuchte, da strahlten sie wie eine Meister-Säuberlich-Reklame. Sämtliche Reste waren, mit Folie bedeckt, ordentlich im Kühlschrank verstaut. Die Trokkentücher hingen auf der Leine. Jemand hatte im Wohnzimmer Staub gewischt und die Teppiche gesaugt. Am nächsten Morgen registrierte ich, daß der Rasen etwas mitgenommen aussah, aber die Rosen hatten sich schon wieder erholt. Lil kam, küßte mich und sagte: »Gestern war's auch wieder richtig gemütlich. Wenn sich das Partyvolk nichts zu erzählen weiß, laß es spülen! Alle sind richtig glücklich gewesen!« Das Partybuch »Gut geplant, gut gefeiert« habe ich weggeworfen. Ich werde selbst eins schreiben.

Punkt 1: Vermeiden Sie unnötige Handgriffe.

Punkt 2: Schaffen Sie sich die Hausfrau vom Hals, sie stört nur.

Punkt 3: Stellen Sie, ehe Sie mit den Vorbereitungen beginnen, einen großen Container bereit und werfen Sie alle Abfälle sofort hinein.

Mit der Nase über den Rand guckend, ein welkes Salatblatt über dem Ohr und ganz und gar überflüssig,

Deine Lisbeth

Montag

Liebe Paula,
letzte Woche ließ Benno, ich glaube, es war nach der Sendung, in der Alice Schwarzer zugab, Männer »eigentlich ganz gern zu haben«, wie nebenbei die Bemerkung fallen, daß sich die Weiber wirklich *alles* einreden ließen, wenn man es ihnen nur nachhaltig

genug ins Köpfchen hämmere. Jahrhundertelang, so dozierte er, hat man ihnen eingetrichtert, daß das Buchstabierenkönnen des eigenen Namens häßlich mache, der Traualtar mit dem Tor des Paradieses vergleichbar und jede andere Frau als Konkurrenz beim Tanz um den Mann anzusehen sei. Ein Sortiment von Nirostakochtöpfen mit wärmeisolierten Griffen betrachteten sie als Ersatz für Sportwagen, Motorboote und Weltreisen. Und eine rechte Frau demonstrierte ihr Glück, indem sie jeden Satz stolz mit den Worten: »Mein Mann möchte gern, daß...« begann. Dann tricherte man ihnen plötzlich ins Gehirn, daß sie das Glück nicht an der Seite eines Mannes, sondern allein irgendwo in einem öden Apartment vor dem Fernseher hockend finden, daß der Anblick eines Sortiments von Nirostakochtöpfen mit wärmeisolierten Griffen auf der Stelle Depressionen auslöst und eine intelligente Frau nicht: »Mein Mann möchte, daß...« haucht, sondern: »Ich will alles, und zwar sofort!« brüllt. Während die Weiber ihre Kräfte dadurch verschlissen, sich nach dem Wind zu drehen, und herauszufinden versuchten, aus welcher Richtung er denn heute wehte, gingen die Männer ruhig und besonnen ihren Weg und taten ihre Pflicht, indem sie die Welt um Haarwuchsmittel, Mikrowellenherde und Nuklearwaffen bereicherten. Und als sie bemerkten, daß die Weiber nicht mehr gewillt waren, zehn Kinder aufzuziehen, da erfanden sie in ihrer ruhigen, unauffälligen Art die Antibabypille.

Ohne Benno recht geben zu wollen, was mir immer schwerfällt, mußte ich nach diesem Gespräch in mich gehen und zugeben, daß ich auch immer nach dem Wind schiele und meine Meinung von der Meinungsbildung, die von den Medien ausgeht, verdammt abhängig ist. Erst kürzlich zum Beispiel! Ich hatte mir mal ein anderes Frühstück gedacht, indem ich nämlich ganz einfach den Kühlschrank und den Brotkorb fülle, eine Zweiliterkanne Kaffee in die Küche stelle und jeder sich dann sein Frühstück zusammenstellt, wie er möchte. Der Plan war noch nicht ganz ausgereift, als mich die Sonderbeilage unserer Samstagszeitung fesselte. Der Farbbericht trug die Überschrift: »Herrlich, so ein ausgiebiges Sonntagsfrühstück im Garten« und gipfelte in der Behauptung, daß sich die familiären Bande nie so gut festigen und genießen lassen wie beim ausgiebigen Sonntagsfrühstück im Garten. Du weißt, daß ich ein Augenmensch bin, und die farbenprächtigen Fotos erfreuten meine Seele.

Ich mußte drei Wochen warten, dann schien endlich an einem Sonntag die Sonne! Ich stand früh auf, deckte fröhlichen Herzens den »Herrlich-ist-so-ein-ausgiebiges-Sonntagsfrühstück«-Tisch und dachte, daß unsere familiären Bande dringend eine solche Aufmunterung nötig hatten. Ich putzte den Tisch auf das Schönste heraus, schmückte ihn mit einem dicken Tuff weißer Rosen, passend zu den Servietten und der Sahne im gläsernen Kännchen, stand zufrieden vor meinem Werk, fühlte mich hausfraulich doch wirklich gut – und dann schlurft Benno herbei, kratzt sich grämlich den Schädel und tut kund, daß er a) schlecht geschlafen hat, b) dringend eine Debatte im Fernsehen verfolgen muß, und verschwindet mit Kaffee und Marmeladenbrot im verdunkelten Salon. Lil erscheint und sagt im Ton einer Filmdiva, die ihren drehfreien Tag hat: »Für mich bitte nur Kaffee schwarz« und setzt sich hin und lackiert sich die Nägel, wobei ihr angewiderter Blick die Platte mit dem Aufschnitt und den mit Radieschen und frischer Kresse garnierten Käse streift. Der Kleine wußte die Schönheit des »Herrlich-ist-so-ein-ausgiebiges-Sonntagsfrühstück«-Arrangements nicht richtig zu würdigen: Er schüttete erst seine Milch über die Decke und verfütterte dann sein eigens frisch aufgebackenes Brötchen an die Goldfische. Ich klebte ihm eine, wobei ich die Kanne umriß, und Lil schrie auf, weil ihr linker Zehennagel noch nicht trocken und jetzt ganz verschmiert war, und Benno erschien erbost auf der Bildfläche und brüllte, ob man, zum Teufel, denn nicht an einem einzigen Sonntag mal seine Ruhe haben könnte. Ich trug die gesamte Ausstattung des »Herrlich-ist-so-ein-ausgiebiges-Familienfrühstück«-Tisches Stück für Stück in die Küche zurück: die vier Gedecke samt Besteck, die Käseplatte, die Wurstplatte, die Butterschälchen, Zuckerdose, Sahnekännchen, den Korb mit den fünf Brotsorten und holte das Fleisch aus dem Kühlschrank, und Lil kam und sagte im Ton einer Filmdiva, die ihren drehfreien Tag hat: »Für mich bitte nicht, ich esse mit Brilli in der City!« Und genau in dem Moment riß der Kleine an der Tischdecke, und zwei Gedecke »blaue Blume« gingen zu Bruch.

Ich ging ganz still hinauf und sah vor meinem inneren Auge die Überschrift eines anderen Artikels in einer anderen Zeitschrift. »Warum lassen Sie sonntags nicht mal alles stehen und liegen und machen ganz allein einen Ausflug? Denn schließlich (hieß es in dem Artikel weiter) geht es nicht an, daß Sie unter der Woche hauptsächlich damit beschäftigt sind, die Klamotten der Familie wegzuräumen, und sonntags hauptsächlich damit, die Klamotten der Familie wegzuräumen, nur mit dem Unterschied, daß Ihnen die Familie dabei zusieht.« Wenig später tat ich meiner Sippe kund, daß sie heute nicht mit mir zu rechnen hätte, da ich mich entschlossen hätte, einen Ausflug zu machen und in der Stadt zu essen. Benno sah irritiert drein, aber er gab den Wagenschlüssel heraus, und Lil verzog die Lippen in einer Weise, die deutlich zu verstehen gab, daß, wenn sie in der Stadt ißt, dies das Privileg einer schicken Frau ist, wenn ich dasselbe tue, dies eine Ausgeburt jener Hysterie ist, zu der *sie* ja leider neigt. Ich warf mich lässig hinter das Steuer, und das Biest sprang nicht an. Es machte höhnisch »Du-spinnst-wohl-du-spinnst-wohl«, und schließlich mußte ich Benno zu Hilfe rufen, wenn ich nicht alles, was da absaufen kann, absaufen lassen wollte. Er kam, ganz Herr von Haus und Wagen, mit Leidensmiene, doch in gefaßter Geduld, und kaum hatte der Schlüssel das Zündschloß berührt, da schnurrte der Motor wie meine Nähmaschine. Es genügt, daß er pfeift, und der Karren pariert.

Ich quetschte meinen Dank durch die Zähne, und eigentlich hatte ich jetzt schon jegliche Lust an meinem Ausflug verloren, doch um nicht allzu blöd dazustehen, fuhr ich bis zum Baggerloch und machte einen langen Spaziergang, vorwiegend, weil ich nicht so lächerlich früh zurück sein wollte. Später fand ich das Wetter zu schön, als daß ich in irgendeinem stickigen Lokal hätte sitzen und essen mögen, und die anderen Ausflügler auch zu sehr »en famille«, als daß es mir Spaß gemacht hätte, an einem Einzeltisch »Roulade bürgerlich mit Rotkohl« zu speisen. Auf der Heimfahrt war ich dann wieder ganz vergnügt und fand's doch ganz lustig, in einem weichgepolsterten Wagen so dahinzufahren, aber dann kamen plötzlich Dampfwolken unter dem Kühler hervor, und als ich sie ignorierte, kamen Dampfwolken in den

Innenraum (ich vermute aus dem Radio), und ich bekam einen Hustenanfall und mußte aussteigen. Ich öffnete die Motorhaube, machte einen Spaziergang, stieg wieder ein, fuhr etwa zehn Minuten, bis Dampfwolken in den Innenraum kamen und ich einen Hustenanfall bekam und aussteigen mußte, um die Motorhaube zu öffnen und spazierenzugehen, und so kam ich Meter für Meter nach Hause zurück, und als ich es endlich geschafft hatte, war es Nachmittag.

Als ich unser Heim betrat, war es recht nett aufgeräumt, und Benno und Lil räkelten sich voller Eintracht in den Liegestühlen und teilten mir mit, sie hätten Salat Niçoise gegessen, weil Lil es plötzlich doch blöd fand, den schönen Tag in der stickigen City zu verbringen. Ich kühlte mir die Füße, und Benno strich mir wie einem alten Mütterchen über das Haar und sagte, daß er durchaus akzeptieren würde, daß ich auch einmal rausmüsse, aber wegen der blöden blauen Teller brauchte ich doch nicht gleich durchzudrehen, schließlich sei doch alles zu ersetzen. Die Nachricht, daß sein Wagen qualme, nahm er gelassen auf und sagte, es wär die Wasserpumpe und er hätte schon mit der Werkstatt telefoniert! Gibt es Werkstätten für hysterische Frauen, die sich wegen ein paar zerbrochenen Tellern dermaßen aufregen, daß sie kopflos die Flucht ergreifen und den einzig schönen Sonntag der Saison an überfüllten Baggerseen verplempern? Und wann erscheint der nächste Artikel, der mich ausgiebig darüber informiert, aus welcher Richtung der Wind im Moment weht? Ausgiebiges Sonntagsfrühstück mit der ganzen Familie, Alles-stehen-und-liegen-lassen-Revolte oder: »Frau praktisch: ein Sonntag und ein bißchen Geschick! Frau baut sich eine Gummizelle.« Benno meinte übrigens, an solch prächtigen Sonnensonntagen wüßte man einen Garten doch mal so richtig zu schätzen, bei all der Plage, die man sonst damit hätte. Mit »man« meinte er mich.

Ich versäumte es, Dir eine Ansichtskarte von meinem Ausflug zu schicken.

Deine Lisbeth

Mitte Juli

Liebe Paula,
ich habe schon so lange nichts mehr von Dir gehört, daß ich bereits begann, mir ernsthaft Gedanken zu machen, was um alles in der Welt Du eigentlich so treibst – ein Single hat da ja mannigfaltige Möglichkeiten (eifersüchtiger Gedankenstrich) –, bis ich gestern abend unverhofft Werner gegenübersaß, der es mir detailliert erzählte. Seit Deinem Auszug im Februar habe ich ihn nicht mehr gesprochen und Benno gebeten, ihn bitte möglichst nicht mit herzubringen, da ich ihn mit Dir zusammen schon schwer erträglich fand, und gar allein... Aber das Clubhaus wird renoviert (irgendein *wichtiges* Mitglied aus der Möbelbranche hat sich stark gemacht, die *gesamte* Bestuhlung zu erneuern, und sich damit das Privileg erkauft, daß künftig *immer* ein Platz frei sein wird, wenn das wichtige Mitglied die Anlage betritt!) – also Benno und Werner suchten ein ungestörtes Eckchen, um die Aufstellung der Herrenmannschaft für die Was-weiß-ich-Spiele zu erörtern, und ihre Wahl fiel dummerweise auf unseren Salon.

Da beide Herren nichts von unserem Briefwechsel ahnen, den ich so geheimhalte wie andere Damen ihren Liebhaber oder die Sehnsucht nach demselben, fragte ich ganz scheinheilig, was Du denn eigentlich so machst (die Frage beschäftigt mich ja tatsächlich seit Wochen), und dann erfuhr ich es: Du amüsierst Dich »im Süden« auf die unterschiedlichste Weise: in Deinen neurotischen Frauengruppen, in Deinen neurotischen Selbsterfahrungsgruppen, in einem lächerlichen Schreibmaschinen- und Stenokurs, mit einem Deiner Liebhaber, der Dich sonntags auf seine Jacht einlädt, auf der Du (tigergemusterter Bikini) herumliegst und »honey, come here« hauchst und auf der ein athletischer Typ (tigergemusterter Slip) Drinks mit Zuckerrand serviert. Und wer bezahlt das Ganze? Der arme Werner bezahlt das Ganze! Der arme Werner, der sich wie ein Idiot abrackert und ab und an höchstens mal ein Eichen zu sich nimmt und seinen Tennisarm nicht auskurieren kann, weil er samstags noch den ganzen Haushalt einschließlich Supermarktbesuch und Höschenpflege am Hals hat, und der längst die Hoffnung aufgegeben hat, daß Du *jemals* für Dich selbst sorgen wirst, und der auch längst die

Hoffnung aufgegeben hat, daß er sich *jemals* wieder einen neuen BMW kaufen kann, sondern der den alten auffahren muß, bis er ihm unter dem Hintern weggerostet ist. Und all dies geschieht, ohne daß jemand energisch eingreift, ja, es geschieht mit dem Segen des Staates! Benno goß ihm väterlich besorgt ein frisches Bier ein und sagte, es sei eine verdammte Sauerei, daß sich die Scheidungsgesetze, unter denen man die Ehe einging, während der Ehe so drastisch ändern und daß es nur recht und billig sei (beachte das vielsagende Wörtchen »billig«), also daß es nur recht und billig sei, daß dieselben Gesetze auch halten, solange die Ehe hält beziehungsweise bis man die Frau auf »natürliche Art« loswird. Schließlich habe man die Ehe ja nur unter der Voraussetzung, daß dies eine ganz und gar risikolose Sache sei, überhaupt geschlossen! Ich hörte schweigend zu und mußte innerlich zugeben, daß an seinem Argument etwas dran war.

Werner erzählte ferner, daß ihm Dein Anwalt den Vorschlag unterbreitet hätte, Dich zur Auslandskorrespondentin ausbilden zu lassen, um Deine Chancen auf dem Arbeitsmarkt zu erhöhen. Dann ließ er mich raten, was dieser Spaß ihn nun wieder kosten würde. Ich riet und riet zehntausend daneben. Vierzigtausend würde es kosten, sagte er schweratmend, woraufhin Benno ergriffen schwieg und sich anstelle einer Antwort nur kurz, doch vielsagend an den Kopf tippte. Ich stand auf und holte Bennos Taschenrechner und tippte die vierzigtausend ein und dividierte die Summe durch die achtzehn Ehe- und Hausfrauenjahre und dividierte durch Monate und durch Tage, und weißt Du, welchen Stundenlohn ich bei nur sechs Arbeitsstunden täglich herausbekam?

Ganze acht Pfennige!!!

Ich sagte, daß Du nicht mehr fordertest, als einen Stundenlohn von acht Pfennigen, nachgezahlt für achtzehn unbezahlte Dienstjahre, und Werner funkelte mich gefährlich an und sagte, ich solle ihm bloß nicht so kommen, sondern lieber einmal ausrechnen, was du ihn während der ganzen Zeit an Kost und Logis gekostet hättest, an Seife, an Zahnpasta, an Genußmitteln wie Kaffee und Tabakwaren! (Und an Klopapier, vergaß er hinzuzusetzen!) Egal was wir anschließend auch immer besprachen, der

Abend war nicht mehr zu retten, und Werner verabschiedete sich bereits gegen zehn Uhr, ohne daß er dazu gekommen war, mit Benno die Aufstellung der Herrenmannschaft zu besprechen.

Als er gegangen war, stritten Benno und ich uns weiter. Benno schrie, daß es nicht zu glauben, geschweige denn zu verantworten sei, daß eine Frau, nur weil sie sich zu Hause langweilt, einfach abhaut, um ihren Vergnügungen nachzugehen, und daß man gerichtlich dazu gezwungen würde, dieses infame Betragen auch noch zu finanzieren.

Ich schrie zurück, daß Du schließlich in einem recht bescheidenen Zimmer lebtest und zu Deinen Vergnügungen zu Fuß gingest und nur Deine persönlichen Sachen mitgenommen hättest, derweil Werner doch die große Luxuswohnung samt Inventar, seinen gut bezahlten Job, sein geliebtes Auto und sämtliche Clubaktivitäten behalten hätte, von denen er meines Wissens nicht vorhat, auch nur eine einzige aufzugeben. Daraufhin erhielt ich jene Antwort, die mir Werner bereits verpaßt hatte, eine Antwort in zwei Teilen.

a) Man muß ja wissen, wozu man sich abrackert, und für irgendwas muß der Mensch ja schließlich leben.

b) Wenn Dir das bescheidene Von-der-Hand-in-den-Mund-Leben nicht paßt, hättest Du ja bleiben können!

Entschuldige, daß ich Dir so ausführlich von diesem unerfreulichen Abend berichte, aber irgendwem muß ich es erzählen, sonst platze ich. Der Kleine ist an ehelichen Themen nur mäßig interessiert, und Lil hebt allenfalls ironisch die Augenbrauen und läßt durchblicken, daß sie uns alle für verkalkte Greise hält, denen man ihre seltsamen Spielchen eben lassen muß, und Änne hält *immer* zu den *armen Männern*!!! Für sie besteht die Welt aus raffinierten Weibern, die, nachdem sie das in Netzstrümpfen verpackte Bein wollüstig gestreckt haben, ebenso wollüstig die Hand ausstrecken und sich die Tausender hineinblättern lassen! Sie bestehlen und betrügen ihre Männer! Sie ernähren den schwer arbeitenden armen Teufel, der sie einer unerklärlichen Schwäche zufolge zu seiner Gattin gemacht hat, mit Konserven aus dem Sonderangebot und legen sich von den beträchtlichen Überschüssen des Haushaltsgeldes Konten in der Schweiz an!

Haben Sie genug gescheffelt und wird der Lockruf des Liebhabers dringlicher, ziehen sie aus und klagen dem Ehemann den unbedeutenden Rest seines Vermögens auch noch aus der Tasche (anstatt geduldig auf sein Ableben zu warten, vergaß sie hinzuzusetzen!)

Ich habe gestern nach Wochen mal wieder einen Einkaufsbummel gemacht, will sagen, daß ich nach Wochen mal wieder in der Stadt gewesen bin, um anderen beim Einkaufen zuzusehen. Der Kleine hat in den letzten Monaten einen solchen Schuß gemacht, daß ich ihn komplett neu einkleiden mußte, was (Benno spricht) auch wieder Unsummen verschlungen hat, Unsummen, die mir Benno mit einer Miene in die Hand zählte, die deutlich verriet, daß das kostspielige Wachsen unseres Sohnes bei größerer Sorgfalt meinerseits durchaus verhindert werden könnte. Ich strich so an den Kleiderständern vorbei, und überall sah mir Bennos säuerliche Miene zwischen den Kragenecken entgegen, und so erstand ich nur drei Meter schwarzen Waffelpiqué, ein Restposten im Angebot. Aber der Schnitt und die sonstigen Zutaten waren dann noch einmal so teuer wie der Stoff und nicht im Angebot zu haben, und so kehrte ich mit schlechtem Gewissen heim. Heute früh habe ich versucht, den Stoff zuzuschneiden. Der Schnitt ist »super easy«, und die Anleitung ist auch »super easy«, zumindest liest sie sich so: »Schulter-, Seiten- und Ärmelnähte schließen. Saum 3 cm umsteppen. Vordere Belege umbügeln, knappkantig umsteppen. Kragen arbeiten, x an x am Halsausschnitt feststeppen. Ärmel o an o in die Ärmellöcher heften und einsteppen. Säume 3 cm umsteppen. An der markierten Stelle ein Knopfloch einarbeiten und Knopf annähen.«

Ich wurde bereits beim Zuschneiden so nervös, daß mir der Schweiß ausbrach und eine Träne auf x tropfte, und als ich das zusammengeheftete Ding schließlich vor dem Spiegel anprobierte, kam ich mir wie die Heldin aus dem Artikel »Machen Sie das Beste aus Ihrem Typ« vor. Absatz: »So kam Frau K. in die Redaktion! Niemand ahnte, welche grazile Figur sich unter der formlosen Jacke und den zu kurzen Hosen verbarg. Frauen wie Frau K. sollten keinen Waffelpiqué tragen.« Neuer Absatz: »In dem Anzug, den wir für Frau K. aussuchten (Gérard-Fucci-Modell), kam Frau K. s hübsche Figur endlich zum Vorschein. Frau K. versprach, von nun an regelmäßig zum Friseur zu gehen und regelmäßig die Kosmetikerin aufzusuchen. Frau K.: Ich fühle mich wie neu geboren. Mein Mann ist überglücklich über meine Verwandlung. Stolz führt er mich seinen Freunden und Betriebskollegen vor. (Er kaufte auch gleich fünf weitere Gérard-Fucci-Modelle.)«

Auf der Suche nach einem solchen Mann, wieder einmal höchst unvorteilhaft gekleidet (zu enge Haushose aus fahlem Cordsamt malt Bauch und Popartie höchst unschön ab), in tiefer Sorge um Deinen Verbleib,

Deine Lisbeth

31. Juli

Liebe Paula,
eben kam Dein Brief an, und weil es gerade so schön still ist, schiebe ich das Frühstücksgeschirr zur Seite, um am Küchentisch sitzend einen kleinen Plausch mit Dir zu halten.

Ich habe den Eindruck, daß Du ein wenig pikiert warst, von mir zu erfahren, daß Dein Ehemaliger bei uns zu Gast war und den Blödsinn von Deinem Geliebten mit der Segeljacht »überall herumerzählt«. Es tut mir aufrichtig leid, wenn ich Dich mit meinem detaillierten Bericht des betreffenden Abends gelangweilt haben sollte, aber ein kaserniertes Wesen wie ich, das den Anschluß an sämtliche Befreiungsgruppen der Welt mit Erfolg verpaßt hat, einfach deshalb, weil es in entscheidenden Momenten immer ein bißchen zu schwanger war, um auf Barrikaden zu klettern und »Mein Bauch gehört mir« zu rufen (Wobei der Umfang besagten Bauches die Worte ja auch Lügen gestraft hätte!!!), eine solche Westentaschenfeministin hat nur wenig Freunde, und wen außer Dir sollte ich mit meinem Alltags- und Seelenmüll belästigen? Frauen, die so denken wie ich, haben keine Zeit, mich zu besuchen, weil sie Vorträge halten oder dicke Bücher schreiben oder doch zumindest über den zweiten Bildungsweg das Abitur nachholen und später die Altenuniversität besuchen, oder sie verlassen Ehemann und Familie und werden nie mehr gesehen, wie meine Freundin Paula es zum Beispiel getan hat!!! Ich schäme mich, es zuzugeben, aber irgendwie habe ich immer den Anschluß zu jenen Zügen verpaßt, auf die ich gern gesprungen wäre, denn immer schleppte ich Windelpakete und Großpakkungen mit Wattestäbchen zum Reinigen von Kinderöhrchen über die Straße anstelle von Werken wie »Die Scham ist vorbei« und »Weib und Macht«, die mir beizeiten den richtigen Weg in eine bessere Zukunft gewiesen hätten. Aber sehr lange Zeit, so scheint mir, war Lil ein Kleinkind, und als sie endlich kein Kleinkind mehr war, hatte ich ein neues Kleinkind, und weder beim ersten- noch beim zweitenmal war Benno willens, die Früchte seiner Zeugungskraft zu beaufsichtigen, damit ich mir in Ruhe den Vortrag »Die Kinder dem Erzeuger, den Frauen die Macht« anhören konnte. Er war nur gewillt, den Babysitter zu spielen, wenn ich ihm sagte, daß ich zwecks Gräberpflege zum Friedhof müsse; dies war die einzige aushäusige Betätigung, die er für unumgänglich hielt, und wie Du weißt, schließen Friedhöfe um achtzehn Uhr!

Wenn Du mir zuweilen vorwirfst, daß ich meine »prima ausgebildeten Aggressionen« nicht »rauslasse«, dann muß ich Dir gestehen, daß ich es einfach nicht fertigbringe, den vertrauensvoll in diese Welt blickenden Benno II auf einen so unzuverlässigen Schoß zu setzen wie den von Benno I, um außerhalb meines gediegenen Laufstalls die Freiheit zu suchen. Ich habe mich noch immer nicht zu der Einsicht durchgerungen, daß jede Revolution eben ihre Opfer fordert und eines dieser Opfer ausgerechnet Benno II sein soll, weil er eine Mutter hat, die nicht mehr, und einen Vater, der noch nicht für jene Sicherheit aufkommen will, auf die jedes Kind meiner Meinung nach ein Anrecht hat. Zumindest, solange es noch nicht gelungen ist, die Kinder vor ihrem Erscheinen auf dieser Welt vertraulich zu fragen, ob sie überhaupt mitmachen wollen.

Dies nur zu Deiner Bemerkung, daß man Wut durchaus kreativ auswerten kann. (Wenn der Kleine aus dem Gröbsten heraus ist, werde ich ein Buch über Resteverwertung schreiben, das heißt, wenn nicht wieder etwas dazwischenkommt, was auch möglich ist!) Köstlich fand ich übrigens Deinen Hinweis, daß ich die Reihe der Naturalien, welche Dir Werner anstelle eines Stundenlohnes zugeteilt hat, durch zwei Schachteln Kopfschmerzpillen täglich und ein Kilo Verdauungstee pro Woche vervollständigen kann. Was das betrifft, so ist der meine auch nicht kleinlich. Von den oben angeführten Genußmitteln stehen auch mir immer reichliche Mengen zur Verfügung, allerdings passe ich auch wie eine Drogensüchtige darauf auf, daß die Vorräte stets aufgefüllt werden. Rechtzeitig! (Beachte die irreführende Wortwahl: »wie eine...«)

Nachmittags
Mußte heute früh unterbrechen, weil mich Anita, eine junge Mutti aus dem Kindergartenverein, heimsuchte, die vorbeikam, um mich zu zwingen, einen Fragebogen auszufüllen mit Fragen wie: »Soll der Kindergarten anstatt um zwölf erst um dreizehn Uhr schließen? Wären Sie bereit, eventuell anfallende Mehrkosten zu tragen?« Und: »Sind Sie für die Anschaffung einheitlicher Kindergartenpantoffeln?« Und so weiter... Ich strich alle Fragen halbherzig, und ohne groß darüber nachzudenken, mit »Ja« an und mußte mich sehr zusammennehmen, um der herzigen Anita, die Kinderkriegen und -erziehen mit glücklichem Eifer betreibt, nicht zu verpassen, daß das Tragen von Kindergartenpantoffeln und der Aufenthalt im Kindergarten bis dreizehn Uhr keinerlei Einfluß auf die Entwicklung des Kindes haben. Sie werden unter allen Umständen irgendwann aufwachen und zu der Erkenntnis gelangen, daß sie zwar Nestwärme in ausreichendem Maße genießen, die Temperatur derselben jedoch zu wünschen übrigläßt und sie es im Nest entweder zu kühl oder zu stickig finden. Auf jeden Fall werden sie ihre persönlichen Pleiten im späteren Leben darauf zurückzuführen wissen, daß sie a) gezwungen wurden, Kindergartenpantoffeln zu tragen, und sich damit in die graue, anonyme Masse einreihen mußten, b) ihre Eltern nicht mal bereit waren, die paar Mark für Kindergartenpantoffeln auszugeben, und sie somit bereits mit drei Jahren zum ewigen Außenseiter stempelten. Ich sagte zu Anita, daß ich an sich dafür wäre, meinen Kleinen nicht nur bis dreizehn

Uhr, sondern so lange im Kindergarten zu lassen, bis die Kindergärtnerin ihn heiratet, und Anita, die junge Mutter, blickte mich voller Entsetzen an und tröstete sich schließlich selbst mit der Feststellung, daß ich sicher nur spaße. (Täte ich es doch!)

Sie blieb eine geschlagene Stunde, und nachdem ich die Fragen angekreuzt hatte, unterhielt sie mich mit Kindermundgeschichten, eine drolliger als die andere. Mütterchens Ersatz fürs Kabarett! Ich fragte sie, wie alt sie sei, und sie sagte, nächsten Monat werde sie fündundzwanzig, und ihr Kleiner werde vier, und ihr Mann sei siebenundzwanzig. Und in der vergangenen Woche ist endlich die Einbauküche geliefert worden, und die Oberschränke will sie mit Bauernleinen auslegen. Sie war so zufrieden mit sich und ihrem Kleinen und ihrem Mann und ihren Zukunftsaussichten, was das Bauernleinen betrifft, daß ich mir dagegen wie ein Reagenzglas mit schillerndem, gallegrünem Gift vorkam.

Als sie gegangen war, versuchte ich mich zu erinnern, ob ich, als ich Lil und Benno I und meine Küche noch ganz neu hatte, auch so gewesen bin wie die kleine Anita, und ich glaube, ja! Es ist einfach zu lange her, und ich erinnere mich nicht mehr an Einzelheiten, aber vor Ännes erstem Besuch in der neuen Wohnung hatte es mir Vergnügen gemacht, tagelang das Kochbuch nach ausgefallenen Rezepten zu durchforsten, und am Vorabend ihrer Ankunft deckte ich den Tisch schon mal auf Probe und betrachtete voller Stolz die sechs Gedecke »blaue Blume« mit dem dazugehörigen Butterschälchen. Doch, ich glaube, ich bin recht zufrieden gewesen mit meinem neuen Baby und dem neuen Kinderwagen und der Edelstahlspüle und mit Bennos Beförderung. Bloß, die Zufriedenheit hat sich irgendwann abgenutzt, als meine Beförderung immer wieder verschoben wurde und das einzige, das eine gewisse Zuwachsrate zu verzeichnen hatte, das Eßgeschirr war. Ich habe jetzt achtzehn Gedecke, und wenn ich schön brav bin, will Änne mir zum Geburtstag noch die Fischplatte und das dazugehörige Saucenschälchen schenken.

Entschuldige die blöde Epistel, dies ist kein richtiger Brief, bloß ein Grüßchen auf die schnelle. Die kleine Anita hat mich ganz durcheinandergebracht. Es war mir, als ob meine eigene, sehr weit zurückliegende Vergangenheit zu Besuch gekommen sei, um mich anzugrinsen, und als hätte sie mich mühelos eingeholt, weil ich immer noch auf derselben Stelle herumgrase. Glaub mir, über die Problematik, einmal mit zweiundzwanzig und einmal mit siebenunddreißig Mutter zu werden, ist noch viel zuwenig geschrieben worden. Man ist einmal zu jung und einmal zu alt dafür, und irgendwie gehört man nie der richtigen Altersgruppe an.

Mit Vergangenheitsbewältigung beschäftigt,

Deine Lisbeth

PS: Ich *weiß*, daß ich weit über fünfzig bin, ehe der Kleine aus dem Haus ist, und ich nicht solange warten kann, bis ich endlich einmal etwas »nur für mich« tue. Ich habe vor, im Herbst einen Kurs an der Volkshochschule zu besuchen. Aber ich werde *nicht* töpfern, um das Haus mit Nußschälchen und Urnen zu füllen. Ich denke, der Kurs »Wir binden ein Gewürzsträußchen« genügt für den Anfang. Benno werde ich sagen, es handle sich um den Kurs: »Gräberschmuck für alle Jahreszeiten. Preiswert und wetterbeständig.«

PS 2: Die herzige Anita hielt Emanzipation für einen Tranquilizer! Und im weitesten Sinne hat sie ja recht, meine ich.

31. August

Liebe Paula,
hast Du meine Karte aus Spanien bekommen?

Ich hatte sie versehentlich mit sechs anderen in einen vertrauensvoll am Straßenrand winkenden blau-gelb angepinselten Postkasten gesteckt und zu spät bemerkt, daß es ein privater war! Ich hoffe sehr, daß der Besitzer ein Herz besaß und die Karten einer Postdienststelle übergeben hat. Benno zweifelt daran, aber ich glaube an das Gute im Menschen! Wir sind vor gut einer Woche wieder zurückgekommen, und ich bin dabei, eine Anweisung, die ich vor der Abreise in einer Frauenzeitschrift gefunden habe, Punkt für Punkt zu befolgen. Die Anweisung trug den Titel: »Woher weiß meine schmutzige Wäsche, daß ich wieder zu Hause bin, wenn ich es ihr nicht sage?« und enthielt eine Menge Tips, wie man die kostbare Erholung über die Schwelle des eigenen Heims hinweg noch eine Zeitlang rettet!

In der Anweisung hieß es:

»Stürze nicht, sobald du das Haus betreten hast, mit irrem Blick in den Keller, um die Waschmaschine mit dem gesamten Urlaubsknüll zu füllen. Die Maschine hat noch gar nicht gemerkt, daß du wieder da bist – laß sie in dem Glauben. Bedenke beim Anblick vertrockneter Blumenrabatten und beim Anblick erblindeter Fenster, daß du den Anblick vertrockneter Blumenrabatten und schmutziger Fenster gerade eben erst drei Wochen in deinem teuren Urlaubsdomizil tadellos ertragen hast, ohne nennenswerte Schäden davonzutragen. Geh ruhig davon aus, daß deine Familie nach mehreren Wochen vergessen hat, daß du mal diejenige warst, die ihnen immer das Essen serviert hat. Laß sie, ›Eviva España‹ hörend, erinnerungsträchtig auf den smarten glutäugigen Kellner warten.

Verstecke deine mit viel Mühe braungerösteten Beine nicht unmittelbar nach der Ankunft zu Hause in deinen alten Arbeitsjeans und deine verführerisch getönten Schultern unter der Karobluse aus dem Sommerschlußverkauf!

Nimm statt dessen dein schönstes Sommerkleid, das so gut zu sonnengebräunter Haut paßt, nicht mit in den Urlaub, sondern spare es dir für die ersten Tage zu Hause auf.

Laß die Koffer ungeöffnet im Keller stehen oder verstecke sie hinter der Speichertür.

Mixe Drinks, die an südliche Länder erinnern, und biete geeiste Melone dazu an. Behaupte kühn, daß du nie gewußt hast, wie man Reibeplätzchen macht und die schwere gußeiserne Pfanne ohne männliche Hilfe nicht auf den Herd kriegst. Konserviere anstelle der inzwischen pfundweise gereiften Johannisbeeren lieber deine Urlaubsstimmung, und erhalte sie, solange es geht. (Sie ist sehr empfindlich und riecht ganz von selbst bald ranzig.) Sag dir hundertmal, daß die Schmutzwäsche, die blinden Fensterscheiben und das Unkraut im Garten ja gar nicht unbedingt wissen müssen, daß du schon von der Reise zurückgekehrt bist! Stell dir einfach vor, daß du noch eine Woche länger weggeblieben wärst! Was zum Beispiel wäre denn dann?«

Ja, was wäre dann?

Ich hab mir den Artikel mehrmals durchgelesen und mich bis jetzt tapfer geschlagen. Anstatt mit hochrotem Kopf am Bügeltisch zu stehen und meine braunen Kniekehlen der Waschmaschine und sonst keinem zu zeigen und in der Küche zu schwitzen, um »endlich mal wieder was Gescheites auf den Tisch zu bringen«, spiele ich: »Ich bin noch nicht zurückgekehrt, und wer's nicht glaubt, der soll's mir erst beweisen!«

Fühle mich sagenhaft gut und bin gespannt, wann sich die Wäsche nicht länger täuschen läßt und die Kellertreppe heraufkommt, um nachzusehen, was los ist.

Unser Urlaub war in diesem Jahr ein voller Erfolg. Nicht zuletzt deshalb, weil wir mit dem Kleinen allein waren. Eine Woche vor der Abreise baute sich Lil vor uns auf und teilte uns mit Nonchalance mit, daß wir uns doch hoffentlich nicht einbilden würden, daß sie schon wieder mit in dieses (Zitat) »saublöde Viersternehotel« fahre! Ich entgegnete ruhig, niemand von uns hätte sich das jemals eingebildet. Sie guckte verdutzt und sagte dann: »Ja habt ihr mich denn etwa gar nicht erst angemeldet?« – »Nach dem letzten gemeinsamen Urlaub nicht«, sagte ich. »Wir sind zu der Einsicht gelangt, ein Mädchen in deinem Alter sollte etwas Besseres mit seiner Freiheit anfangen können, als mit Greisen und Säuglingen in einem ekelhaften Hotel herumzuhängen und darauf zu warten, daß schwarzbefrackte Kellner spießig dekorierte Platten herumreichen!« Sie antwortete nichts und rauschte hinaus, aber abends war sie so freundlich wie schon lange nicht mehr und weihte uns sogar in ihre Pläne ein: Sie wollte mit ihrer Freundin Brilli und deren augenblicklichem Verehrer (ein saublöder Typ übrigens) in Italien zelten.

Ich übte mich in meinem selbstauferlegten Trainingsprogramm: »Schluck täglich mindestens drei unnötige Bemerkungen hinunter, ohne zu ersticken« und unterließ die Bemerkung, daß eine mariage à trois selten ersprießlich wird und allein herumzigeunernde Mädchen Gefahr laufen, a) unter ein Auto,

b) unter einen Dealer, c) unter einen Sittenstrolch zu geraten. Ich schluckte und schluckte, und während ich schluckte, sprach Benno es aus. Er sagte, während er sich voller Interesse das Spiel Nord-Weiß gegen Rot-Gold ansah, in seiner naiven Art, daß Reisen zu dritt oft unerfreulich verlaufen und daß allein herumfahrende Mädchen... und so weiter und so weiter. Und was geschah? Lil setzte sich in Positur und sagte, auch ihr sei daran gelegen, daß wir zu Hause blieben, denn laut Statistik verunglückten Jahr für Jahr während der Hauptreisezeit mindestens neunzig Prozent aller mittelalterlichen, im Streß stehenden, brüllende Kleinkinder mit sich führenden, nach einem langen Arbeitstag gleich wie die Irren losrasenden, sich während der Fahrt streitenden Ehepaare. Daher sei für sie die Möglichkeit, die Reise unbeschadet zu überstehen, ungleich größer als für Benno I und mich. Von Benno II ganz zu schweigen. (Infektionsgefahr, Magen-Darm-Kolik, Verschwinden an überfüllten Stränden!) Sie sollte Jura studieren, sie argumentiert so gut.

Am Tag vor der Abreise kam Änne und brachte Reiseproviant für eine Fahrt zweimal um die Welt und ohne die Möglichkeit, auch nur ein einziges Mal auszusteigen, und dann kam sie in die Küche und lehnte sich gegen den Schrank und teilte mir mit, was sie soeben erfahren hatte: nämlich daß Lil nicht mit uns, sondern ganz allein... und ob ich mir schon einmal überlegt hätte...? Es lag bestimmt an der gereizten Stimmung, die mich am Vortag einer jeden Reise heimsucht, weil mich, während ich packe, das Problem bewegt, daß ich irgend etwas Wichtiges bestimmt vergessen und das blaue Abendkleid wieder (!) kein einziges Mal tragen werde... Jedenfalls vergaß ich meine gute Erziehung und schrie sie an, daß ich diesen Sittenstrolch ja geradezu für Lil *herbeisehnen* würde, da mir selbst der Aufenthalt unter einem allseits bekannten Sittenstrolch doch einst recht gut bekommen sei. Ich schrie so laut, daß ich nicht hörte, wie Benno in seiner leisen, feinen Art mehrmals »aber bitte, wir wollen uns doch nicht streiten« sagte und Änne die Tür von außen zuschlug. Jedenfalls hatte sie wieder einmal erreicht, daß ich die erste Woche unseres Urlaubs gar nicht so richtig genießen konnte und mir dauernd du weißt schon was vorstellte, bis ich bemerkte, daß die Welt von alleinreisenden Mädchen nur so wimmelt, die alle herumfahren, ohne unter irgendein gefährliches Ding zu geraten, oder doch zumindest den Aufenthalt unter dem gefährlichen Ding bemerkenswert gut überstanden hatten.

Der unschöne Streit mit Änne hatte im nachhinein übrigens noch ein Gutes. Sie ließ eine ganze Woche verstreichen, ehe sie uns nach der Rückkehr zum erstenmal heimsuchte, um grämlich festzustellen, daß wir alle lebend zurückgekehrt waren. Ich konnte es nicht lassen, ihr einen Zeitungsartikel unter die Nase zu halten mit der Überschrift: »Rentnerin auf Fahrt zu ihrem Sohn blutig geschlagen! Handtasche weg!« Ich ließ durchblikken, daß ich es nicht mehr lange mitansehen werde, daß sie, obwohl man *überall* liest, wie *gefährlich* so etwas ist, immer noch ihren Sohn besuchen fährt.

Wie war Dein Urlaub im Singleclub? Schreib mir unbedingt Näheres darüber. Muß man sich, um zugelassen zu werden, als Single ausweisen können, oder genügt die Versicherung, daß man sich den Weg zum Eingang des Singleclubs soeben freigeschossen hat? Ich stelle mir einen solchen Urlaub jedenfalls außerordentlich verjüngend vor.

Meine Ferien hatten übrigens, was den letzten Punkt betrifft, einen ähnlichen Effekt. Ein sehr netter junger Mann, Anfang Dreißig, schätze ich, der von dem Kleinen mit der Sandschaufel verprügelt wurde, weil er die Unvorsichtigkeit begangen hatte, ihm einmal freundlich zuzulächeln, brachte ihn mir mit den Worten zurück: »Einen reizenden Enkel haben Sie da. Von weitem habe ich Sie für seine Mutter gehalten, so jung wirken die Omas heutzutage! Ha ha ha ha!«

Ich sagte, daß ich schon die Urgroßmutter sei und nur heute mal auf ihn aufpassen würde, weil sich die Großmutter an der Wahl der Miss Bikini beteilige. Ha ha ha ha. Bin bester Stimmung!

Morgen werde ich der Waschmaschine eine Ansichtskarte schreiben! Sie soll glauben, daß ich noch immer nicht nach Hause zurückgekehrt bin. Mit auf dem Tisch herumliegenden bernsteinfarbenen Beinen,

Deine Lisbeth

7. September

Liebe Paula,
hast Du zufällig die Freudschen Traumdeutungen zur Hand? Dann schlage einmal nach und schreibe mir, was folgender Traum bedeutet, der sich inzwischen dreimal wiederholt hat und aus dem ich jedesmal zitternd und schweißbedeckt aufgewacht bin.

Also, ich stehe da auf einem Bahnsteig, und Benno II ist gerade abgefahren, und ich drehe mich um, um wegzugehen. Und da kommt Lil auf mich zu und lacht und drückt mir ein Kleinkind in den Arm, das etwas jünger ist als der Kleine heute, aber ein unheimlich wissendes, altes Gesichtchen hat, mit dunklen, weisen Augen, und dann verzieht sich plötzlich das Mäulchen und zwei lange Vampirzähne kommen zum Vorschein. Und wie ich mich umdrehe, da ist Lil in einen langen dunklen Tunnel getanzt, und da ist nichts weiter als ein gellendes Lachen, das sich an den Tunnelwänden bricht und als schauriges Echo wiederkommt.

Nun schreib mir bitte nicht, daß dies verdrängte Angstgefühle sind, dahingehend, daß ich fürchte, am selben Tag Großmutter zu werden, an dem der Kleine endlich zum Studium aufgebrochen ist und ich das erste Kapitel meines dreibändigen Werkes über Resteverwertung in der Küche zu schreiben begonnen habe. Das wäre zu einfach. Nein, was mich, ganz unverdrängt, an diesem Traum am meisten beunruhigt, ist die Tatsache, daß Benno II und Lil und ich tragende Rollen spielen – aber wo zum Teufel steckt Benno I? Ist der Herr des Hauses in dem Kretin mit den Vampirzähnen versteckt, oder ist er Tennis spielen gegangen? Es sähe ihm ähnlich.

Der sich in letzter Zeit so oft wiederholende Traum mag damit zusammenhängen, daß ich mich im Moment gesellschaftlich recht isoliert fühle. Ich gehöre irgendwie nirgendwohin. Als ich letzte Woche zum Frühschoppen (denk Dir!) bei der Mutter von Lils Freundin eingeladen war, die dazu übergegangen ist, ihre persönlichen Einladungen in die segensreichen Vormittagsstunden zu legen, da sprachen sämtliche Frauen entweder von ihren Enkeln oder ihren Mallorcareisen, die sie nun endlich machen können (zwei waren Witwen), so daß ich mich fehl am Platze und nicht dazugehörig fühlte, schon weil ich die einzige war, die um halb zwölf zum Kindergarten spurten mußte, um ihren Kleinen abzuholen! Die Damen sahen mich mit so mitleidigen Blikken an, daß ich mir wie das bekannte weinende Mariechen vorkam und wie das »Mädchen, das ein Unhold in Unglück gebracht hat«! Am Tag darauf lud die nimmermüde Kindergärtnerin alle Mütter zu einem bunten Nachmittag ein, »an dem wir den lieben Muttis einmal zeigen wollen, was wir alles können!« Und sie konnten doch tatsächlich ein zweistrophiges Lied singen (wobei die meisten bei der zweiten Strophe jedoch ausstiegen und es vorzogen, schweigend mit den Fingerchen die Näschen zu reinigen) und ein urkomisches Theaterstück aufführen, das »Hops, da kommt der Hopsmann« hieß oder so ähnlich, ein wirklicher Ersatz für Shakespeare in internationaler Besetzung. Beim anschließenden Kaffee, den wir an bunten, mit Kreppapier geschmückten Kindergartentischchen zu uns nahmen, drehte sich das Thema um die Frage, ob und was man von der Erstlingsausstattung fürs nächste Baby aufheben sollte und ob sich die Anschaffung von einheitlichen Kindergartenpantoffeln nicht doch lohnt. Ich warf scherzend ein, daß man die Ausstattung so lange aufheben kann, wie man will, genau an dem Tag, an dem man alles verschenkt hat, würde man garantiert schwanger – so zumindest sei es mir ergangen – ha ha ha ha –, und man blickte mich irritiert an und fragte, wie lange ich sie denn aufgehoben hätte, und ich sagte, vierzehn Jahre. Und wieder trafen mich Blicke, die deutlich besagten, daß sich ein Mädchen, das ins »Unglück« geraten ist, ja heutzutage gottlob nicht mehr umzubringen braucht oder aus dem Hause gejagt wird.

Auch hier ging ich höchst unbefriedigt von meinem Kommunikationstraining nach Hause und dachte neidvoll an meine Angehörigen, denn die gehören alle irgendwohin. Lil hat ihre Freunde, Benno hat seine Freunde, und sogar der Kleine verfügt bereits über einen Bekanntenkreis, ohne die geringste Rücksicht darauf zu nehmen, daß es mir immer schwerer fällt, in seinem Bekanntenkreis einen vollwertigen Ersatz für einen eigenen zu sehen!

(Ganz unter uns: Ich habe Freunde, die erst die Bananenmilch über das Tischtuch prusten und sich dann vor Lachen auf den Teppichen winden, nie besonders zu schätzen gewußt.) Wenn Lil so wichtige Freunde wie beispielsweise Georg, die Pickelhaube, empfängt, dann führt sie diesen Gast (Bitte nicht stören!) auf kürzestem Wege in ihr Gemach und öffnet die Tür allenfalls noch gerade so weit, daß ich das Teetablett hindurchschieben kann. Hat Benno I das Bedürfnis zu einem richtigen Gespräch, einem Gespräch unter Männern, dann begibt er sich in ein gepflegtes Lokal oder in einen seiner Clubs und kann reden, solange er will und ohne daß ihm ein Kleinkind im Genick herumhängt oder seine Frau zur selben Stunde unbedingt »Denver« sehen muß.

Du wirst es selbst schon bemerkt haben: Was ich mir unbedingt schaffen muß, ist ein eigener Raum zur freien Entfaltung. Doch wo, außer in der Besenkammer, sollte ich mir diesen Raum schaffen?

Manchmal träume ich, gegen das Küchenfenster gelehnt, ein kleines Schälmesserchen untätig in der Hand, folgenden Traum: Ich träume, daß die Küche behaglich und adrett aufgeräumt ist, und daß nirgendwo gebrauchte Gläser herumstehen oder die mannigfaltigen Zutaten, die Lil benötigt, wenn sie, alle paar Wochen einmal, ihre göttlichen Sandwiches Monte Carlo zubereitet, nach deren Fertigstellung sie gewöhnlich so erschöpft ist, daß ihr sogar die Kraft fehlt, die Elektroplatte auszuschalten oder doch wenigstens die leere Pfanne zur Seite zu schieben. Der Kühlschrank ist wohlgefüllt, und nie fehlt irgend etwas oder ist nicht mehr zu genießen, weil es dummerweise in die Gemüseschale getropft ist. Und dann klingelt es an der Tür, und es ist jemand für Lil (ein reizender junger Mann, nicht Georg, die Pickelhaube), und sie führt ihn in ihr sauber aufgeräumtes, geschmackvoll eingerichtetes Zimmer, in dem man sich auf jeden Sessel setzen kann, weil die Garderobe in diesem Traumzimmer in einem Schrank hängt, und dann geht sie in die Küche und bereitet einen kleinen Imbiß vor, eine Tätigkeit, die ihr geschickt von der Hand geht, und wenn wir uns im Flur begegnen, so lächeln wir uns warmherzig an.

Und es klingelt wieder, und ein Gast für Benno I trifft ein, und

Benno begrüßt ihn mit Herzlichkeit und führt den Gast in sein Refugium, einen männlich herb eingerichteten Raum (dunkle Holzvertäfelung, Bibliothek, Berberteppiche, zwei behäbige Ohrensessel vor dem Kamin), und Benno geht in den Keller, um einen gut ausgereiften Burgunder zu holen, und wenn wir uns im Flur begegnen, dann lächeln wir uns warmherzig an.

Und dann trötet es draußen aus einer Kindertrompete (nicht zu laut und nicht zu oft, so dreimal kurz etwa), und der Kleine läuft und stellt sich auf die Zehenspitzen, um selbst die Tür zu öffnen und seinen kleinen Freund Manuel hereinzulassen, ein allerliebstes Kind in blauen Spielhöschen mit passendem Kittel. Und er nimmt seinen kleinen Gast mit in sein Zimmer, einem wohltuend leeren Raum mit nur wenigen, pädagogisch wertvollen Spielgeräten. Und dann kommt Benno II in die Küche getappelt, um sich ein Tablett mit liebevoll zusammengestellten, vitaminreichen und gesunden kleinen Leckereien abzuholen, und strahlend nimmt er es in Empfang und trägt es ganz vorsichtig, um nur nichts zu verschütten, ins Kinderzimmer, und wenn die Mutti dann später mal gucken kommt, dann ist alles sauber aufgegessen, und Benno und sein Gast sitzen am Tisch und bauen mit ernsthaften kleinen Gesichtchen an einem Schloß aus Bauklötzen. Wenn Benno die Mutti sieht, dann steht er auf und läuft zu ihr und drückt ihre Knie ganz fest, und wenn sie wieder geht, *dann kommt er ihr nicht nach!!!*

Ja, und dann kommt des Traumes Finale, da, wo alle Glocken läuten, denn es klingelt zum viertenmal, und meine Freundin Pauline erscheint (eine sehr humorbegabte, belesene, gebildete Frau, die ihre Erstlingsausstattung niemals weggegeben hat und deshalb heute ein beneidenswertes Leben führt), und sie küßt mich und bringt mir das Buch »Neue Strukturen des Familienlebens – ein Versuch«, und ich bitte sie in mein Zimmer, einen schlicht eingerichteten Raum, in dem ich schlafe, esse, lese, schreibe und mit guten Freundinnen plaudere, in den jedoch, einer besonderen Konstruktion der Tür zufolge, niemals ein Familienmitglied eindringen kann, und diese Paula und ich unterhalten uns so lange, wie wir es möchten!!! Und spät am Abend, als ich uns noch einen kleinen Mitternachtsimbiß zubereite, da ist die Küche immer noch gemütlich und sauber und aufgeräumt, obwohl inzwischen jeder für seinen Gast etwas Nettes zubereitet hat.

Ich muß Schluß machen, denn Benno I ist gerade aus dem Büro zurückgekehrt, und Benno II hat dröhnend die Märchenplatte von der Mausfamilie in Gang gesetzt, die immer so süß piepst, und sein augenblicklicher Gast, Martin der Schreckliche, läßt bis zum Platzen aufgepustete Luftballons, luftentweichend, bssssssszzzzz um meinen Schädel rasen. Demnächst mehr aus diesem Theater

Deine Lisbeth

PS: Herzliche Grüße von Sabine, die gestern anrief, um nach dem Rezept für Coq au vin zu fragen, mit dem sie einen neuen Ehekandidaten von ihren hausfraulichen Fähigkeiten überzeugen will. Sie hat ihre Scheidung bestens überstanden und sprudelte geradezu über vor fröhlichen Single-Erlebnissen, die sie mir taktlos unter die Nase rieb. Sabine behauptete, ihr hättet euch mal auf irgendeinem Kaffeeklatsch bei mir kurz kennengelernt. Ich erinnere mich nicht dran, Du? Wenn Sabine damals schon so war, wie sie heute ist, habe ich das unschöne Erlebnis wahrscheinlich verdrängt...

20. September

Liebe Paula,
anbei die Adresse von Sabine, nach der Du in Deinem letzten Brief gefragt hast. Daß Du mit ihr einen Erfahrungsaustausch in Sachen »wie komme ich allein zurecht« beginnen kannst, glaube ich allerdings kaum. Sabinchen hat nicht vor, allein zurechtzukommen, und das Wort »Weiterentwicklung« beinhaltet für sie die Weiterentwicklung in puncto Ehemann, womit ich andeuten will: Sie heiratet sich nach oben. Scheiden ließ sie sich vorwiegend aus dem Grunde, weil ihr schon kurz nach der Heirat aufging, daß sie für ihren Gatten ganz einfach zu schön und zu

schade ist. Leichtsinnig und unüberlegt hatte sie sich unter Wert verkauft. Vielleicht erinnerst Du Dich: Sabine jobbte vor ihrer Heirat vorwiegend so rum und landete schließlich als Aushilfskraft in dem Büro, in dem Anton als Abteilungsleiter tätig war. Nach der Eheschließung kam sie dann mit anderen Abteilungsleitern zusammen, will sagen, sie stellte fest, daß die Welt von Abteilungsleitern wimmelt und daß es eine beachtliche Anzahl unter ihnen gibt, die einen Mercedes fahren *und* schönes volles Haar haben. (Anton fährt einen Mercedes und ist beinahe kahlköpfig.)

Also Anton als Sprungbrett benutzend, jettete Sabine in die Freiheit zurück, um sich befördern zu lassen, und sie ist auch bereits fündig geworden: der, für den sie den Coq au vin fabrizierte, ist ein Dipl.-Ing. aus Solingen mit einem Reihenhaus am Stadtrand und ohne Anhang. Anton hatte bloß eine Eigentumswohnung, und seine Mutter wohnte gleich um die Ecke. Der Neue ist sogar erst einmal geschieden, hat keinerlei finanzielle Verpflichtungen und ist überdies fünf Zentimeter größer als Anton. Sabine ist mit ihrer Beförderung äußerst zufrieden.

Also dies nur Dir zur Kunde. Du kannst ihr natülich schreiben und von Deinen Scheidungserfahrungen berichten, aber ich fürchte, die einzigen Erfahrungen, für die sie sich interessiert, sind die, die man in den Jagdgründen des Heiratsmarktes macht. Es ist übrigens nicht zu befürchten, daß Ihr Euch dort in die Quere kommt: Sabine ist zehn Jahre jünger als Du und steht auf den väterlichen, liebvoll-autoritären (wohlhabenden) Freund in gesicherter Stellung. Seine Einstellung zur Frauenfrage ist ihr vollkommen gleichgültig. Du könntest also getrost all die Softis haben, an denen sie mit gerumpftem Näschen vorbeistöckelt.

Dies ist nur eine kleine Retourkutsche für Deine Andeutung, daß es Frauen gibt, die »ihren Mann erst zum Säugling degradieren und sich dann beschweren, wenn sie ihm die Schuhchen zubinden müssen.« Was diesen Punkt betrifft: Benno war niemals ein niedliches Kleinkind, das vergnügt »ga-ga-ga« krähend und jauchzend mit seinen runden rosa Zehen spielte: Er wurde mit einem kleinen schwarzen Aktenköfferchen in der Hand geboren. Danke auch für Deinen Hinweis, daß es Männer gibt, bei denen man die Trennung zwischen Pubertät und Altersstarrsinn nie ganz eindeutig ausmachen kann… weil sich der Altersstarrsinn bereits ankündigt, noch ehe sie die Pubertät ganz überwunden haben.

Was Benno angeht, so habe ich seit längerem folgendes bei ihm beobachtet: *Jedesmal* wenn Änne anruft und er zufällig dran ist, sagt er: »Hallo Mutter, ich gebe dir Lisbeth!« Und wenn sie in ihrer aufdringlich-unsensiblen Art dann einfach erzählt, wie es ihr geht, ohne daß er sie dazu ermuntert hätte, sagt er: »Aha, na ja, so-so, na schön!«, wobei er mir quer durch den Raum giftige Blicke zuwirft, in denen im Zuge längerer »Unterhaltung« die Bitte um Erlösung mitschwingt. Manchmal erlaube ich mir dann den kleinen sadistischen Schmerz, auf ihn und das Telefon zuzueilen, um mich an der seltenen Freude zu ergötzen, die dann in seinen Augen aufglimmt – dann drifte ich jedoch nach links in die Küche ab, ihn mit: »Aha, na ja, so-so« erbarmunglos allein lassend.

Ich frage Dich, Paula, was ist das? Noch Pubertät? Schon Altersstarrsinn? Oder kündigt sich bereits die Senilität an? Ich stelle mir besorgt die Frage, ob es einem Mann im Vollbesitz seiner geistigen Kräfte nicht möglich sein müßte, so alle zwei bis drei Monate einmal ein etwa zehnminütiges Telefonat mit seiner eigenen Mutter zu führen, ohne daß er anschließend blaß vor Erschöpfung in seinen Sessel fällt. Oder beschränkt sich Bennos Wortschatz ohne mein Wissen auch im Berufsleben auf »Aha-na-schön-so-so-na-ja«, und hat er einen genialen Trick erfunden, mit dessen Hilfe es möglich ist, mit diesen fünf Lauten eine vierköpfige Familie zu ernähren?

Ich wundere mich übrigens schon lange darüber, mit welcher Gleichmut Änne die fortschreitende Entfremdung zwischen sich und ihrem einzigen Sohn erträgt. Es scheint ihr in der Tat nichts auszumachen, auf die Schilderung ihrer lebensgefährlichen Gallenoperation ein »Na ja, na schön!« zur Antwort zu bekommen. Mit derselben freudigen Erregung, mit der sie einst ihr eigen Fleisch und Blut beäugte, beäugt sie nun, was ihr Fleisch und Blut geschaffen hat: Haus, Garten und Garage. Ich glaube, es ist ihr scheißegal, was er denkt oder tut und mit welchen Lauten er sein Leben meistert, wenn er nur mit nicht nachlassender Emsigkeit Dinge baut und ranschafft, mit denen sie ihren Kränzchenschwestern imponieren kann. So wie sie früher Fotos von Bennomaus über den Tisch flattern ließ, so flattern heute Fotos von Bennomäuschens Haus und dem neuen Wagen mit ihm (sehr schemenhaft) am Steuer. Nun ja, nun schön!

Abends
Hatte heute nachmittag Herrenbesuch! Georg, die Pickelhaube, wollte Lil besuchen. Ich nehme es jedenfalls an, daß er aus diesem Grunde gekommen war, er selbst äußerte sich nicht dazu.

Da Lil noch nicht da war, bat ich ihn herein und placierte ihn auf das Sofa, wobei ich irritiert feststellte, daß sein maisgelbes Fetthaar, welches er vertrauensvoll in die Polster schmiegte, einen unschönen Kontrast zu dem blauen Velours bildete.

Ich sagte: »Georg, Sie wollten sicher Lil besuchen, sie wird gleich hier sein, einstweilen müssen Sie mit mir vorliebnehmen (ha-ha-ha)«, und er glotzte mich an und sagte: »Hm-mm!«

Ich fragte: »Georg, möchten Sie vielleicht eine Tasse Tee?«

Und er murmelte: »Hm-mm«, was ich für Zustimmung hielt.

Ich schenkte ihm ein und setzte mich zu ihm, in leichtem Plauderton um eine nette kleine Fünf-Uhr-Tee-Konversation bemüht.

»Georg«, fragte ich, »was werden Sie tun, wenn Sie mit der Schule fertig sind?«

»Weiß nicht«, sagte er.

»Gehen Sie zum Militär oder leisten Sie Ersatzdienst?« drang ich in ihn.

»Weiß nicht«, sagte er.

»Zukunftspläne haben Sie also noch nicht«, bohrte ich (bereits erschöpft!) nach.

»Hmm-mm«, sagte er und rührte so ausdauernd in seinem Tee, daß ich auf den Moment wartete, in dem der Löffel den Tassenboden durchstoßen würde.

»Lil hat sich wohl doch noch etwas vorgenommen«, sagte ich schließlich, »vielleicht lohnt es sich nicht, noch länger zu warten!«

»Hmm-mm«, sagte er.

»Nun, vielleicht kommen Sie besser ein anderes Mal wieder«, sagte ich und erhob mich, wobei ich ihm aufmunternd zulächelte, nicht bedenkend, daß Georg, die Pickelhaube, zu jenen Jugendlichen gehört, die nicht imstande sind, in neurotischer Hast alle dreißig Minuten die Stellung zu wechseln, ich meine, sich von der stehenden in die sitzende Position zu begeben und wieder zurück.

Ich ließ ihn auf dem Sofa sitzen und ging in die Küche, und wann immer ich heimlich um die Ecke linste, hing er bewegungslos da, einen fernen Punkt am Horizont anstarrend. Ich beobachtete ihn, wobei mir erschreckend klarwurde, daß er sich bereits heute in der »So-so-na-schön-Phase« befindet.

Endlich kam Lil und rief: »Hallo«, und er antwortete: »Hallo« und entfaltete sich und folgte ihr schleppenden Schrittes die Treppe hinauf.

Oben war es sehr still, totenstill, möchte ich sagen, und als ich mit der Bügelwäsche über dem Arm an Lils Zimmer vorbeikam, warf ich einen raschen Blick hinein. Sie hingen nebeneinander auf Lils Matratzenlager und gaben sich einer müden »Ach ja? Ach so«-Konversation hin. Himmel, Paula, Benno I ist immerhin erst *nach* der Arbeit erschöpft, nach vielen, vielen munteren Aufbaujahren...

Als Georg gegangen war, kam Lil in die Küche gefegt und blitzte mich an, daß ich Georg, die Pickelhaube, in meiner anstrengenden Art über Gebühr strapaziert hätte. Er hätte nach dem tieferen Grund für mein unnatürliches Interesse an seiner Person gefragt. Nie zuvor sei ihm eine derartig indiskrete, neugierige Frau begegnet.

»Was geht's dich an, was er nach der Schule vorhat und ob er zum Barras geht oder nicht?« fetzte mich Lil mit wütender Stimme an.

»Es interessiert mich nicht die Bohne, in welcher Weise er seiner Zukunft entgegenschläft«, erwiderte ich, »ich wollte lediglich herausfinden, auf welches Codewort hin man seinen Mechanismus in Gang setzen kann.«

»Die Katastrophen dieser Welt sind von den Aktiven verschuldet worden, nicht von den Verweigerern«, teilte Lil mir mit, schnappte sich die Hose, die ich gerade für sie gebügelt hatte, und rauschte hinaus.

»Ich wußte nicht, daß Georg irgend etwas verweigert«, rief ich ihr nach. »In meiner beschränkten Art hielt ich ihn bloß für müde!«

Stell Dir den Frieden auf dieser Welt vor, wenn wir erst alle im Dornröschenschlaf versunken sind. Gähnend,

Deine Lisbeth

1. Oktober

Liebe Paula,

gestern fragte ich Benno in meiner ironischen Art (die er weniger geistreich als widerwärtig findet), ob ich ihn zum Betriebsfest denn nun in meinen blauen Haushosen begleiten soll oder in dem alten Waschkleidchen, das ich zum Gartenumgraben trage. Er ließ irritiert die Zeitung sinken und fragte: »Was soll das heißen?« Ich sagte, wobei ich mir wie ein g'schamiges Gör aus Opas Kintopp vorkam: »Tja, hm, weißt du, es ist gar nicht so einfach, darüber zu sprechen – und nur weil du mein Mann bist...«, und dann beugte ich mich zu seinem Ohr hinab und flüsterte: »Ich bräuchte ein neues Kleid!« Er schob mich vorsichtig weg, so, wie er den Kleinen immer wegschiebt, wenn er emsig bemüht ist, an seinem Bein in die Höhe zu klimmen, um einen Blick *hinter* die Zeitung zu werfen (aus seiner Perspektive muß Benno I einen viereckigen Schädel haben, auf dessen Stirn »Runter mit den Ölpreisen« eingraviert ist) – also er entledigte sich meiner und sprach dann in klassischen Worten: »Dein Kleiderschrank platzt!« Er geleitete mich hinauf und öffnete die Türen – und der Schrank platze tatsächlich. »Was ist das?« fragte Benno und hielt einen nagelneuen Fetzen in die Luft. »Ist das ein Kleid? Und das? Ist das eine Abendhose? Und das? Ist das ein Nachmittagskostüm? Widersprich, wenn ich mich täusche!« Und warf die Klamotten auf das Bett und ging hinaus.

Erledigt! Ich räumte den Schrank auf und machte Inventur. Ich besitze einen Schwung alter Klamotten »für die Gartenpflege zu sämtlichen Jahreszeiten«, einen Schwung noch recht gut erhaltener, jedoch hoffnungslos aus der Mode geratener Kleider aus meiner Gesellschaftsphase zwischen den beiden Kleinkindphasen und ein paar moderne, nagelneue Sachen, die ich mir gekauft und dann ein einziges Mal zu Hause vor dem Fernseher getragen habe, nämlich an jenem Tag, an dem ich sie erwarb. Es handelt sich um ein enges Kleid, eine Samthose und einen Overall. Ich erstand sie alle am letzten Tag einer erfolgreichen Hungerkur, an jenem wunderbaren Tag, an dem ich in Größe 38 paßte, an jenem Tag nach fünf Wochen voller Entbehrungen, an dem man das Gefühl hat, man müsse sich für die ausgestandenen Strapazen belohnen. Ich betreibe dieses Spiel des Zu- und Abnehmens und Sich-Belohnens seit Jahren (genauer gesagt, jedesmal, wenn ich einen Audrey-Hepburn-Typ im Fernsehen gesehen habe) und durchstehe die trostlose »Wieviel-Kalorien-sind-denn-das-schon-wieder-Zeit« mit dem lohnenden Ziel vor Augen, mir am Ende dieser Zeit ein schickes, enges Ding in Größe 38 zu kaufen, das dann genau zwei Tage lang paßt, denn wenn ich es nach einer Woche hervorhole, dann klemmt bereits der Reißverschluß, und nach vier Wochen kann ich es kaum noch über die Hüften zerren. So sammeln sich die Belohnungsstücke mit der Zeit an und altern unbeachtet vor sich hin. Und beim nächstenmal glaube ich am Ende einer Marathonstrecke, gepflastert mit rohen Äpfeln und Kalorientabellen, mich wieder belohnen zu müssen, ohne daß ich es jemals lerne, daß ein Kleid für 180 Mark für einen einzigen Abend vor dem eigenen Fernseher eine geradezu tollkühne Belohnung ist! Daß ich dies niemals lerne, muß ich auf die Hungerei zurückführen, denn kaum esse ich wieder normal, fällt es mir ein, und ich sehe den Irrtum in seiner ganzen Tragweite.

Danach denke ich gewöhnlich eine Zeitlang überhaupt nicht mehr an mein Gewicht, ich vergesse es vollständig, bis ich eines Tages in einer Zeitschrift auf die unheilverkündende fettgedruckte Frage stoße: »Passen Sie noch in Ihren Bikini?« Natürlich passe ich nicht mehr in meinen Bikini, so wie ich in die Belohnungshose und das Belohnungskostüm nicht mehr passe, weil ich bereits seit geraumer Zeit wieder dazu übergegangen bin, gedankenlos einen Kognak und eine Handvoll Erdnußchips zu mir zu nehmen, ohne zu bedenken, daß diese Mahlzeit ebensoviel Kalorien hat wie sieben Pfund Möhrchen und 6000 frische Salatblätter *mit* zwei Petersilienstengeln, und weil ich mich genüßlich in Rezeptvorschläge wie »Gerollter Schweinebraten mit pikanter Schinkenfüllung im Blätterteigmantel« vertieft habe und es beim Betrachten der Abbildung nicht geblieben ist. Mir ist übrigens aufgefallen, daß dieselbe Zeitschrift, die das Rezept mit der Schweinerolle gebracht hat, in der nächsten Nummer hämisch fragt: »Na, passen Sie noch in Ihren Bikini?« und sadistischerweise gleich auf der nächsten Seite eine Kollektion der neuesten Bikinis in Schockfarben präsentiert, vorgeführt an einer Reihe von spindeldürren Mädchen, die ihre letzte Schweinerolle gegessen haben, als sie drei Jahre alt waren. Und nachdem man die Fotos lange genug und nachdenklich betrachtet hat, ist man auch geneigt, sich mit gebührendem Interesse in den diesmaligen Rezeptteil zu vertiefen, in dem es von hübsch fotografierten »Man-dünste-fünfzehn-Gramm-Putenbrust-in-einer-Träne-weich«-Rezepten nur so wimmelt.

Gestern kam Lil zu mir und fragte mich, ob ich »zufällig« wüßte, was dualistisch sei, und ich überlegte einen Augenblick und sagte: »Eine Frauenzeitschrift ist für mich das passendste Beispiel für Dualismus« und setzte ihr meine Gedanken betreffs so appetitanregender Artikel wie »Gönnen Sie sich etwas Besonders! Scampi mit dreizehn verschiedenen Mayonaisesaucen« und der ebenso heimtückischen wie indiskreten Frage nach der Paßform meines Bikinis auseindander. Lil sagte, sie hätte es schon verstanden, aber so eine Zeitschrift würde sich eben an alle wenden, an die Adrey-Hepburn-Typen – und die anderen, wobei sie mir einen Blick zuwarf, dem deutlich zu entnehmen war, daß *sie* besagter Audrey-Hepburn-Typ ist und ich die andere! Lil mag recht haben, ich will mich nicht streiten, aber diese »Friß-dich-fett-hungere-dich-schlank-Welle«, dieses Auf und Ab, zu dem die Zeitschriften ihre treuen Leserinnen ständig auffordern, ist auch nicht von der Hand zu weisen. Verfolge das mal! Es fängt gleich zu Beginn des Jahres, wo man von den Festtagen sowieso noch ein bißchen erschöpft ist, mit der kategorischen Aufforderung an: »Ran an den Weihnachtsspeck!« und pendelt sich dann so um die Osterzeit mit allerlei Saft- und Gemüsekuren ein. Nach einer Zwischenorgie (Der Osterhase und nette Leute zu Gast: Wir essen: Rahmsuppe mit frischem Kerbel, Lammschulter auf Röstkartoffeln, Mousse au chocolat. Tischdekoration: zweiundsechzig verschiedene selbstfabrizierte Ostereier aus Schoko-Marzinpanmasse) heißt es in der nächsten Nummer: »Nabelfrei in den Sommer! Sind Sie und Ihr Nabel dabei?« Da man seinen Nabel auch nicht immer von allem ausschließen will (und die Frage: Passen Sie noch in Ihren Bikini? erneut – diesmal dringlicher – gestellt wird), kehrt man seufzend zu dem Motto: »Vier Kilo Kartoffeln pro Woche und fünf Pfund weniger auf der Hüfte! Schlemmen Sie sich schlank!« zurück. Das Pfingstheft läßt einen dann wieder aufleben. »Pfingstliche Tafelfreuden! Beachten Sie unseren siebzigseitigen Extrateil. Die schönsten Spargelrezepte aus Europa. Kalorienreich, aber köstlich: unsere Pfingsttorte mit acht Füllungen und viele Verlockungen mehr! Laden Sie zu einer üppigen Familientafel ein.« (Und vergessen Sie Ihren Nabel!)

Kaum ist das Pfingstmenue verdaut, wird es ernst: »Viel Haut, wenig Stoff! Unsere schönsten Modelle für den Urlaub! Alles zum Selbstschneidern für die Größen 32–36. Sollten die letzten Winterpölsterchen noch nicht verschwunden sein, nicht verzagen: Vier Wochen Weizenkeimmüsli, und Sie passen sogar in unser Extra-Modell. Und noch ein Urlaubstip: Unser Sonderteil beschäftigt sich heute mit den bekanntesten Schlemmerlokalen in Jugoslawien, Österreich und der Schweiz, Schlemmerlokale in Frankreich, Griechenland und Italien im nächsten Heft!«

Im Urlaub denkt man an nichts. Man liegt schläfrig am Strand und stellt fest, daß man weder zu den ganz Schlanken noch zu den wirklich Fetten gehört und eigentlich nur die Allerschönste und die Allerhäßlichste überhaupt auffallen. Man selbst, ob man nun in seinen Bikini paßt oder nicht, geht in der anonymen Masse vollkommen unter.

Zu Hause angelangt, wartet die neueste Nummer der Frauenzeitschrift bereits auf der Matte. Schon der Titel empfängt Dich mit der vertrauten Aufforderung: »Runter mit den Urlaubspfunden. Viele Rezepte unserer Nachurlaubsdiät im Heft!« Man hat das noch nicht ganz geschafft, da überrascht Dich das Adventsheft mit zweiundsechzig köstlichen Plätzchensorten – Motto: In der Adventszeit kann man, soll man und darf man mal... denn der Bikini schläft! An das anschließende Weihnachtsheft mit köstlichen Abbildungen von fetttriefenden knusprigen Gänsen auf fettschillerndem Rotkohl mit Klößen und von diversen Torten schließt sich dann gleich die neue Nummer an mit der vertraulichen Frage: »Unter Freunden – passen Sie noch in Ihr Zeltkleid? Spannt das Pelzcape über dem Bauch? Sieben Wochen unserer Achthundertkaloriendiät, und sie können sogar Ihren Wintermantel wieder schließen. Ein herrliches Gefühl!«

Also, ich frage mich manchmal, wie Benno I und Benno II das machen. Sie schlucken, was ihnen vor die Nase kommt, und sie passen zu jeder beliebigen Zeit in ihren Bikini. Ich fragte Benno nach seinen Geheimrezept, und er meinte, es wäre halt die ständige Sorge, die an ihm nage, ob es ihm wohl für alle Zeiten gelingen wird, uns mit all den Naturalien zu versorgen, an denen wir uns zu fett fressen.

Also die Sorge! Und ich dachte immer, der Kummer macht uns *dick*! Noch drei Wochen bis zum Betriebsfest. Bis dahin muß ich in die schwarze Samthose passen. Mit einer Fadennudel im Magen und einer Kröte im Herzen.

Deine Lisbeth

Erntedankfest

Liebe Paula,
komme gerade von Ännes Geburtstag, auch eine alljährlich wiederkehrende Gelegenheit, das Haus zu verlassen, ohne sich Bennos Unmut zuzuziehen, ähnlich wie beim »Ausgang« zwecks Gräberpflege. Benno selbst hat sich mal wieder gedrückt, weil er angeblich einfach beruflich zu eingespannt ist, um seiner Mutter

persönlich zu gratulieren, ergo: Der feine Mann schickt eine Vertretung.

Ich ging also hin, links das Päckchen mit dem Geschenk, rechts den adrett gekleideten Kleinen (den jüngsten Sproß der Familie – Nein, wie süß!): Mutter und Sohn in ihren besten Festtagskleidern. Aus der Sofaecke blitzten uns fünf aufmerksame Brillen entgegen, die sämtlich zu Ännes Kränzchenschwestern gehörten. Änne stellte uns vor: »Meine Schwiegertochter, der kleine Benno, der jüngste Sproß der Familie!« Ich überreichte mein Päckchen zusammen mit der lahmen Entschuldigung, daß der große Benno (der erfolgreichste Sproß der Familie) leider unabkömmlich sei, und Änne bedankte sich strahlend und ließ durchblicken, daß ich es nicht genügend zu schätzen wisse, einen derart pflichtbewußten Mann zu haben, dessen niemals nachlassendes Pflichtbewußtsein wiederum mir ermöglicht, mitten in der Woche zum Tratsch zu gehen. Sie scheint nicht zur Kenntnis nehmen zu wollen, daß Benno *immer* an ihren Geburtstagen unabkömmlich ist, aber nie, wenn es sich um Jogging oder Tennis dreht oder wenn Rot-Grün-Superman gegen Borussia-dribbel-dich-weg antritt. Dann wurde mir der Teller mit Kuchen vollgepackt, und der Kleine mußte sich von sämtlichen Damen abküssen und Spekulationen über sich ergehen lassen, wem er denn nun ähnlich sieht, Mutter oder Vater. Sämtliche Damen waren einhellig der Meinung, daß er mir wie aus dem Gesicht geschnitten sei, was Änne dazu veranlaßte, ein Babyfoto zu holen, das sie selbst im Alter von einundzwanzig Monaten auf einem Bärenfell liegend zeigt.

Das Thema, in welchem Alter Kinder wem erwiesenermaßen am ähnlichsten sehen, unter Berücksichtigung der Tatsache, daß sich das Aussehen im späteren Alter durchaus noch ändern kann, wurde in sämtlichen Variationen durchgespielt, bis Änne daranging, ihr Geschenk auszupacken. Du glaubst nicht, was ich allein mit diesem Geschenk für einen Ärger gehabt habe, und das, obwohl Änne und ich bereits vor Jahren beschlossen haben, uns zu den Festtagen nichts mehr zu schenken. Ich hatte diesen Vorschlag jubelnd begrüßt, bis Änne mir dann zum nächsten Weihnachtsfest doch wieder »eine Kleinigkeit« in die Hand drückte, die ich verlegen in Empfang nahm, weil ich meinerseits außer guten Wünschen nichts parat hatte. Es pendelte sich dann so ein, daß man zu Geburtstagen und zu Weihnachten immer irgend etwas einpackte, aber es hielt sich doch im Rahmen, und der anfänglich praktizierte Unsinn: Perlenkette, zweireihig hin, Perlenkette dreireihig zurück, hörte auf.

Nun, jedenfalls gehörte bald auch das Besorgen der Kleinigkeiten zu meinen vornehmen Pflichten, so wie vorher das Besorgen der größeren Geschenke zu meinen Pflichten gehört hatte, und ich glaube nicht, daß Änne ahnte, wieviel Mühe, Geld und Ärger in dem harmlosen Büchlein steckten, welches ich (Benno kam leider nicht dazu) zu ihrem Ehrentag ausgesucht hatte. Ich habe ihr zum erstenmal ein Buch geschenkt, weil sie immer behauptete, ohne »etwas Gutes« zum Lesen könne sie nicht einschlafen, obwohl ich, seitdem ich sie kenne, niemals etwas anderes auf ihrem Nachttisch gesehen habe, als eine Leseringausgabe von »Vom Winde verweht«, welche sie, wie Benno immer behauptet, zusammen mit dem Schlafzimmer erworben hat. Nun gut, also »etwas Gutes« für den Nachttisch. Ich überlegte Wochen vorher hin und her, was man jemandem schenken könnte, der alles an der Qualität von Scarlett O'Hara messen wird, verwarf schließlich den Gedanken an ähnliches und entschied mich für eine Neuerscheinung, die ich selbst gern lesen wollte, so daß mein Geschenk einen doppelten Nutzen erhielt. Dieser hinterhältige Plan ging voll daneben.

Meine Wahl war auf ein Buch gefallen, in welchem sich die Autorin für die Frauen unserer Genies stark macht, die ja, wie jedermann weiß, von den Biographen gern vergessen werden, obwohl sie, was kaum jemand weiß, einen erheblichen Teil dazu beigetragen haben, daß sich das Genie ihrer Männer überhaupt entfalten konnte. Ich hatte eine gute Besprechung über das Buch gelesen, und es interessierte mich sehr. Zudem gelüstete es mich, Änne eine Lehre zu erteilen, nämlich dahingehend, daß Frauen sehr wohl dazu imstande sind, Beiträge zu leisten, und sich mitnichten alle (!) lebenslänglich darauf beschränken, mit gefalteten Händen und nach oben gerichteten Augen ihrem Schöpfer dafür zu danken, daß ein Herr Fischebier sie geheiratet hat.

Also ich bestellte das Werk und holte es ab.

Abends nahm ich es zwecks Lektüre mit ins Bett, wobei ich bereits auf der allerersten Seite, ja beim Lesen des allerersten Satzes zur Kenntnis nehmen mußte, daß es sich als Bettlektüre auch bestens eignete, denn kaum hat man sich zurechtgerückt und die Brille aufgesetzt, beweist das erste Genie unter qualvollen Mühen, daß es seinen Ruf nicht in der Eigenschaft eines begnadeten Liebhabers erworben hat. Zwar rackert es sich redlich ab, doch die Frau, so erfährt der geneigte Leser, hat herzlich wenig davon.

Im Laufe der Lektüre wandert man nun, so einen das Interesse nicht verläßt, durch das Schlafzimmer der Genies und darf ihnen beim Liebesspiel zusehen und die jeweilige Partnerin von Herzen bedauern, denn allesamt waren die Begnadeten lausige Liebhaber, da sämtliche Kräfte eindeutig in das gewaltige Werk flossen, das es zu schaffen galt. Fazit: Als »Mann« waren sie nicht der Rede wert.

Ach, hätte sich doch die Autorin an diese Erkenntnis gehalten. Da sie es leider nicht tat, wurde mir bereits nach wenigen Seiten klar, daß ich, wie so oft (höre Benno seufzen), Zeit und Geld umsonst investiert hatte, denn das Buch mag sich für alles mögliche eignen, das geeignete Geschenk für eine Schwiegermutter ist es keinesfalls. Es sei denn, man hätte Erica Jong zur Schwiegermutter, aber wer hat schon das Glück? Die meisten Schwiegermütter sind nach wie vor nach Ännes Muster geestrickt – eine traurige Tatsache!

Ich vermerkte zweiunddreißig Mark unter »Haushalt«, blätterte in den Verlagsprogrammen, wählte schließlich einen »richtig schönen Roman« zum »Sich-Festlesen«, bestellte ihn, holte ihn ab, zahlte, trug ihn nach Hause, dasselbe... Diesmal interessiert mich nicht mal das Grundthema, eine langweilige Familiensaga, die sich seitenlang mit belanglosen Dialogen dahinquälte, durch eine Handlung von mittlerer Spannung und, wohl um wenigstens die mittlere Spannung zu halten, in regelmäßigen Abständen und ohne ersichtlichen Grund sämtliche Beteiligten ins Bett verwies. Dies geschah so gesetzmäßig, daß man förmlich den Autor sah, der sich morgens lustlos das am gestrigen Abend Geschriebene durchliest, sich grämlich den Kopf kratzt und zu sich spricht: »Dies ist fürwahr der langweiligste Mist, den ich je gelesen habe, nur eine Prise Sex kann die Chose noch retten!« und sich dann aus dem Brevier »Sex für alle Gelegenheiten« (eine Art Brevier für den modernen Autor) das Passende heraussucht, es in die Handlung preßt und die Personen bis zur nächsten Orgie weiterwursteln läßt, wohl wissend, daß man außerhalb des Bettes jegliches Interesse an ihnen verliert.

Ich stellte das Werk zum ersten, ging in die Buchhandlung, erstand »Rebecca«, ging zufrieden nach Hause, packte das Geschenk in geblümtes Papier (ohne auch nur einen einzigen Blick hineingeworfen zu haben) und war meine Sorge endlich (!) los. Ich dachte, wie einfach man es doch früher hatte, wenn man ein Buch verschenken wollte. Man vermied »Lady Chatterley« und Werke von Henry Miller, griff frohgemut ins Bücherregal und konnte das Gewählte unbesorgt aus dem Haus geben. Heute dagegen muß man stets damit rechnen, daß man seinen Kleinen mit dem hübsch illustrierten Büchlein »Schneewittchen unter den sieben Zwergen« arglos zu Manuels fünftem Geburtstag entläßt, ohne im geringsten zu ahnen, daß es sich um ein literarisches Werk handelt, in dem es Schneewittchen mit allen sieben Zwergen treibt (worauf der Titel, wenn man ihn aufmerksam gelesen hätte, ja auch bereits hingewiesen hat). Gestern las ich, daß die Diskussion um die Abschaffung des Paragraphen »Verführung Minderjähriger« nicht abklingt und immer mehr Politiker dafür plädieren, auch Kleinkinder bereits an den Wonnen der Erwachsenen teilhaben zu lassen. Was das betrifft, so würde Manuel das Buch »Schneewittchen unter den sieben Zwergen« wahrscheinlich lässig durchblättern und gelangweilt zur Seite legen, so daß der Fauxpas in diesem Falle nicht so schlimm wäre. Er müßte mir jedoch in die Hand versprechen, es niemals herumliegen zu lassen, denn vor seiner Oma würde ich mich schämen. Hast du jemanden, dem Du eines der beiden Bücher, die ich für Änne gekauft habe, schenken könntest? Dann laß es mich wissen, ich bin froh, wenn ich sie loswerde. Total verklemmt,

Deine Lisbeth

PS: Heute ist Erntedankfest. Ich bekam von dem Kleinen einen dicken Kohlkopf, in dessen Mitte eine Kerze gebohrt war. (Eine Idee der nimmermüden Kindergärtnerin, die sich ununterbrochen das Gehirn zermartert, »wie wir der lieben Mami eine Freude machen können«.) Der Kleine bestand darauf, daß ich die Kerze gleich anzündete und dankbar-sinnend hineinstarrte. »Weil du immer alles für uns machst!« setzte er erklärend hinzu. Mir kamen beinahe die Tränen. (Vor Rührung natürlich!!!)

3. November

Liebe Paula,

Danke für Deinen Besuch!!!

Es war herrlich, Dich hier zu haben und die segensreichen Vormittagsstunden mit Dir zu verklönen (Mütterchens heimliche Stunden) und nicht über Kindergartenpantöffelchen, Ehemänner und Heranwachsende zu reden, sondern über Themen, die uns selbst etwas angehen. Ist Dir eigentlich schon einmal aufgefallen, daß trotz Emanzipation, Pille, Selbsterfahrung und Frauenliteratur, ja trotz eigener Berufstätigkeit die Themen der meisten Frauen nach wie vor um Küche und Kinder kreisen?

Beim Vormittagstreff bei der Mutter von Lils Freundin, den ich in der letzten Woche wieder einmal besuchte, lernte ich eine gescheite junge Frau kennen, die mit ihrem Mann zusammen eine große Zahnarztpraxis betreibt. Obwohl sie selbst Ärztin ist und praktiziert, sprach sie von nichts anderem als von ihrem Haus und ihrer Familie, und als ich mich nach drei Stunden verabschiedete, war ich sogar über die Lieblingsspeise ihres Gatten informiert. Glaubst Du, daß ihr Mann bei seinem Stammtisch dieselben Themen erörtert und seinen Tischgenossen zum Beispiel mitteilt, daß seine Frau Salat nur mit einer ganz bestimmten Essig-Öl-Marinade mag? Ich glaube, das häusliche Leben ist dem Mann nach wie vor gar nicht wichtig genug, als daß er Lust hätte, darüber zu sprechen, und das berufliche Drum und Dran ist der Frau immer noch nicht so wichtig, als daß sie Themen dieser Art der genauen Beschreibung ihrer Einbauküche vorzieht.

Ich denke in diesem Zusammenhang immer gern an den Typ vor Deinem Auszug, als all Deine persönlichen Sachen schon gepackt waren und wir von nichts anderem sprachen als von der Trennung von Werner (wie sollten wir auch!) – und ich abends hier sehr nachdenklich saß, als Benno von seinem Hallentraining zurückkam. »Ist etwas spät geworden«, teilte er mir gutgelaunt mit, »war mit Werner noch einen trinken! Weißt du, was er mir erzählt hat?«

Ich lächelte und dachte, daß ich sehr wohl wußte, was er erzählt haben mochte, schließlich ist es kein Pappenstiel, nach zwanzig Jahren seine Frau zu verlieren, und Benno goß sich ein Bier ein, trank zufrieden und lange, und dann sagte er: »Hab's nicht glauben wollen, aber die Eierköppe haben den Berti Schroeder doch tatsächlich für das Herreneinzel gegen Blau-Weiß aufgestellt, und das, wo doch 'n Blinder mit 'nem Krückstock sehen kann, daß der jeden Ball am Netz versaut! Den Werner hat's ebenso umgehauen wie mich, wir haben uns überlegt, ob es nicht wirklich mal Zeit ist, mit dem Vorstand zu sprechen.«

Als wir sehr viel später zu Bett gingen, sagte ich wie nebenbei: »Paula zieht morgen aus, hat Werner das nicht erzählt?«

Benno gähnte gelangweilt, und dann sagte er: »Doch, ja, er hat's kurz erwähnt, blöde Pute, die!«, woraufhin sich, ich schwöre es, seine Gedanken sofort und übergangslos wieder mit der Aufstellung der Herren im Einzel gegen Blau-Weiß beschäftigten.

Heute scheint mir diese Episode gar nicht mehr so unglaublich wie damals, oder könntest Du Dir vorstellen, daß ein Mann am Stammtisch Haushalts- und Erziehungsfragen erörtert? Ich meine, daß er, *falls* er sich dafür interessierte, eher eine Filterpapierausspuckmaschine erfinden oder ein mehrbändiges Werk »Die Erziehung des Kleinkindes unter dem Aspekt berufstätiger Eltern« verfassen und nach einiger Zeit am Stammtisch die Frage erörtern würde, wie sich der Umsatz von Filterpapierausspuckmaschinen steigern läßt und welche Werbung er für sein Buch vorgeschlagen hat. Was das betrifft, so hinken Frauen hoffnungslos hinterher. Wie heißt es doch in dem neuen

Lied, das jetzt überall zu hören ist? »Frauen kommen langsam – aber gewaltig!« Ja, sie kommen *langsam*!

Es war übrigens wohltuend zu bemerken, daß Dich Werner tatsächlich nicht mehr interessiert. Für die meisten Geschiedenen ist *er* nach wie vor das Hauptthema, und sie langweilen ihre Freunde mit Einzelheiten betreffs seines neuen Lebens, die sie durch dritte erfahren haben. Erinnerst Du Dich noch an Renate Mackensen? Sie reichte vor vier Jahren die Scheidung ein, nachdem sie in der Jackentasche ihres Mannes einen Brief des Gesundheitsamtes gefunden hatte, mit der Aufforderung, sich unverzüglich zur Untersuchung zu melden, da »bei Ihrer Geschlechtspartnerin eindeutig ein Fall von Syphilis festgestellt wurde«, und besagte Geschlechtspartnerin war nicht sie selbst! Nach der Scheidung tauchte sie dann plötzlich in regelmäßigen Abständen hier auf und saß in unserer Couchecke herum und lauerte auf Bennos Heimkehr mit einer Intensität, daß ich bereits anfing, mir Gedanken zu machen, bis sie mir eines Tages den eigentlichen Grund ihrer Besuche gestand: Benno war der einzige in dem ihr zugefallenen Rest des ehemaligen Bekanntenkreises, durch den sie Neues von ihrem Ehemaligen erfahren konnte, denn Benno und er treffen sich regelmäßig auf den Tennisplätzen. Benno tat ihr dann auch eines Tages den Gefallen. Er setzte ihr detailliert auseinander, weshalb man ihren gewesenen Ehemann nicht für die Medenspiele aufgestellt hatte. Seine Rückhand ist nach einem schlecht verheilten Ellenbogenbruch einfach nicht stark genug!

Im Ernst: Manche der frisch Geschiedenen kommen mir wie Wetterfrösche vor, die in ihrem Glas sitzen und lauern, und kaum vernehmen sie, daß es ihrem Ehemaligen gutgeht, verkriechen sie sich mit Depressionen im Sand, aus welchem sie mit affenartiger Geschwindigkeit auftauchen, um auf dem Leiterchen die höchste Position einzunehmen, sobald ihnen jemand genüßlich schildert, wie *er* am vergangenen Samstag allein und hohlwangig auf einer öffentlichen Parkbank gesessen hat oder daß man ihn auffallend mager mit von Ketchup verschmiertem Hemd aus einem Restaurant Marke Mac Donalds habe kommen sehen. Dieses niemals nachlassende Interesse an einem Menschen, den man selbst, und ohne daß irgendwer einen dazu gezwungen hat, unter Zuhilfenahme sämtlicher fünf Sinne und ganz und gar freiwillig verlassen hat, kommt mir bisweilen äußerst suspekt vor!

Ich fand es sehr wohltuend, Dich hier zu haben, ohne daß Du ein einziges Mal Monologe mit dem Tenor: »Und da habe ich zu ihm gesagt, und dann hat er mich angerufen, und da habe ich meinem Anwalt bestellen lassen« geführt hast, und ich bewundere Deine Geduld, mit der Du die mannigfaltigen Unterbrechungen ertragen hast, die in unserem Heim durch das Telefon verursacht werden, das mich immer wieder zwingt, aufzustehen und einem Konkurrenten von Georg, der Pickelhaube, zu verstehen zu geben, daß Lil leider nicht anwesend ist, und einer genervten Mutter aus der Kingergartengruppe zu verpassen, daß sie ihren Kleinen heute leider nicht zu uns schicken und abzuholen »vergessen« kann, und Bennos Anruf entgegenzunehmen, der mir beinahe allabendlich bedauernd mitteilt, daß er heute, leider, leider nicht pünktlich zum Essen kommen kann. Im Ernst, Du hast mir kein einziges Mal durch angeödetes Gähnen und/oder Fingernägelbetrachten zu verstehen gegeben, wie sehr Dich ein normales Familienleben mit all seinen ewigen Wiederholungen und Widrigkeiten langweilt und wie sehr Du Dich zu Deinen Freundinnen aus der Frauengruppe zurücksehnst, mit denen Du Simone de Beauvoirs »Das andere Geschlecht« diskutieren kannst, ohne daß irgendein kleiner Benno lautstark und immer wieder darauf besteht, mit ihm das neue Bilderbuch »Horch, was piepst denn da?« anzuschauen.

Ich muß unumwunden zugeben, daß ich keine attraktive Freundin für Dich sein kann, mit einem Kleinen, der um halb zwölf aus dem Kindergarten abgeholt werden muß, einem Teenager, der die Schule eigentlich kaum noch besucht und, wie Du es so schön ausdrücktest, »nie richtig weg und nie richtig anwesend ist«, und einem Ehemann, der die Neigung hat, allmorgendlich sein »heute komme ich etwas früher nach Hause« anzudrohen, um dann, wenn man gerade die Kartoffeln aufgestellt hat, anzurufen, um mit seinem »doch etwas später« die Gemütlichkeit zu stören. Ich träume seit Deiner Abfahrt von meinem Besuch bei

Dir, bei dem ich endlich einmal in den Genuß eines Gesprächs kommen werde, in dem jeder Satz ohne Unterbrechung zu Ende gebracht wird und man lediglich alle sechs bis sieben Stunden einmal kurz aufsteht, um frischen Kaffee aufzubrühen und den Aschenbecher zu leeren. Der Gedanke daran und die Hoffnung, diesen Gedanken irgendwann einmal zu realisieren, lassen mich weitermachen.

Der Kleine fragte übrigens, ob Du auch einen Kleinen zu Hause hättest, und als ich ihm sagte, daß Du ganz allein wohntest, bedauerte er Dich tief. Ob es nun um Gummibärchen, die Kindergartentante, Indianerspiele, Go-Karts oder das Leben als Single geht: Benno II und ich sind selten einer Meinung. Leider bin ich gezwungen, für seine Bedürfnisse mehr Verständnis aufzubringen als er für meine. Gestern hat er übrigens endlich das Thema auf unsere gemeinsame Zukunft gebracht, welches bereits so lange im Raum steht. Ohne zu fragen, ob ich überhaupt will, teilte er mir männlich mit, daß er mich heiraten wird, sobald er groß ist. Ich fragte, was wir denn dann mit Benno I machen sollen, und er fackelte nicht lange und entschied: »Den schicken wir ins Büro!« Wahrscheinlich wird er ihm seine zerfledderte Indianerausrüstung zum Tausch anbieten, wenn er erst soweit ist.

Einer glücklichen Zukunft ins Auge sehend,

Deine Lisbeth

Buß- und Bettag

Liebe Paula,

Dein freundschaftlicher Rat, »jetzt sofort etwas für mich persönlich zu tun« und nicht etwa zu warten, bis mich die Familie eines Tages zartfühlend darauf hinweist, daß ich neuerdings damit begonnen habe, lange Gespräche mit meinem Teekessel zu führen, weil ich jeglichen Anschluß an die »Welt da draußen« im Laufe der Jahre verloren habe, ist mir nachgegangen. Das Problem verfolgte mich auf meinem täglichen Rundgang durch mein Reich: von der Waschmaschine zum Herd, durch die Schlafzimmer, die

Diele, in den Wohnraum, in die Besenkammer und wieder zurück und nagte an meiner Seele, bis ich mir schließlich einen Ruck gab und mir das Herbst-/Winterprogramm der Volkshochschule besorgte.

Am Abend blätterte ich es durch, wobei ich zufrieden feststellte, daß tatsächlich keinerlei Bedingungen betreffs des Alters gemacht werden und auch nicht der Nachweis einer ungeminderten Denkfähigkeit gefordert wird. Ich geriet förmlich in einen »Das-würde-mich-auch-interessieren-Rausch«, und als ich all das, was mich auch interessiert hätte, rot anstrich, da stellte ich fest, daß die Woche siebenundzwanzig Tage haben müßte, wenn ich all die Kurse besuchen wollte. Schließlich entschied ich mich für einen Kurs, der mich an sich nur wenig reizte, nämlich »Französisch für Fortgeschrittene«, und das aus dem alleinigen Grund, weil er auf den Mittwochabend fällt und dies der einzige Abend ist, an welchem Benno I mit Sicherheit zu Hause ist und auf den Kleinen aufpassen kann. Da siehst Du, won welchen Kriterien meine Fortbildung abhängig ist und daß ich noch verdammt froh sein kann, daß der Mittwochabend nicht für den Kurs: »Wir wechseln einen Autoreifen« oder »Wir winden einen Adventskranz« reserviert wurde.

Mehr als der Französischunterricht hätten mich übrigens die Veranstaltung: »Kinderpsychologie« gereizt oder sieben Vorträge zum Thema »Lebendige Partnerschaft«, aber leider fielen die Kurse jeweils auf den Montag und den Donnerstag, Tage, an denen Benno Tennis- und Handballtraining hat, und allein der Versuch, ihm eines dieser Vergnügen zu rauben, auf die er seit fünfzehn Jahren ein Anrecht hat, würde unserer Partnerschaft mit Sicherheit die allerletzte Lebendigkeit rauben. An besagtem Mittwoch, dem einzigen Abend, der für mich übrigblieb, hätte ich auch »Klöppeln, eine alte Kunst« und »Wirbelsäulengymnastik im Wasser« belegen können, aber obwohl der Zustand meiner Wirbelsäule zu wünschen übrigläßt und das Erlernen des Klöppelns letztendlich der Familie zugute gekommen wäre (ich könnte sie in Notzeiten vielleicht damit ernähern), entschied ich mich dann doch für den Französischkurs.

Am Freitag meldete ich mich an. Am Sonntag näherte ich mich

Benno I (eine »weiche« Stimmung ausnutzend) mit meinem Anliegen, etwas für meine Fortbildung zu tun und künftig an jedem Mittwochabend für einige Stunden »frei«zubekommen. Bennos Gesichtsmuskeln verhärteten sich daraufhin sofort. Lil schrie aus dem obersten Stockwerk herunter, daß sie an jedem Mittwochabend Jazz Dance trainieren würde, eine Entspannung, die bei all dem Streß mit Schule und Familie bitter nötig wäre, und daß ich – um Gottes willen – nicht mit ihr rechnen solle.

Benno I atmete tief, und dann sagte er: »Aber der Mittwoch ist der einzige Abend, an dem ich mit Sicherheit zu Hause bin!«

»Eben!« sagte ich.

»Ja, hast du dir denn das auch genau überlegt?« fragte er. »Ich meine, wo es doch der einzige Abend in der Woche ist, an dem ich zu Hause bin!«

Ich entgegnete trocken, das hätte ich.

»Auf diese Weise werden wir uns noch total auseinanderleben!« prophezeite er düster. Schließlich erklärte er sich mit Märtyrermiene bereit, am Mittwochabend in der Zeit von sieben bis zehn Uhr auf den Kleinen aufzupassen, »falls nichts Wichtiges vorliegt«, wie er vorsichtshalber gleich einschränkte.

Der erste Mittwochabend kam. Am Morgen hatte ich Benno noch einmal daran erinnert, daß heute der Tag X sei, der Tag, an dem ich von sieben bis zehn..., und er blickte mich mit einem solchen Unverständnis an, als wenn wir noch nie davon gesprochen hätten und es sich nicht um einen albernen Kurs an der Volkshochschule, sondern um eine siebenmonatige Exkursion nach Eskimoland zwecks Erforschung der Liebesgewohnheiten der Einheimischen handele und ich ihn und die Kinder herzlos zurückließe, wohl wissend, daß sie sämtlich an Masern erkrankt und gar nicht imstande seien, sich bis zum nächsten Supermarkt zu schleppen. »Aber Benno«, sagte ich so sanft wie möglich, »wir hatten doch darüber gesprochen, daß ich von nun an jeden Mittwochabend zur Volkshochschule gehen und meine Französischkenntnisse aufpolieren will!« Er blickte finster drein, drohte wieder die totale Entfremdung zwischen uns an und ging dann schließlich mit hängenden Schultern hinaus, so, als hätte ich ihm die Mitteilung verpaßt, daß ich einer siebenmonatigen Expedition nach Eskimoland beiwohnen wolle *und er die Expedition bezahlen sollte!* Lil kam, küßte mich und sagte, sie fänd's (nachdem unmißverständlich klargestellt worden war, daß ihr Jazz-Dance-Training nicht gefährdet würde) prima, daß ich endlich einmal etwas für meine Bildung täte, und überreichte mir eine entzückende kleine Schultüte, in der sich ein Notizbuch, ein silberner Drehbleistift und Zigaretten befanden. Das sind so Augenblicke, in denen ich denke, daß sich achtzehn Jahre Hausfrauenmühsal doch gelohnt haben.

Der Kurs sollte in der Hauptschule Markgrafenstraße abgehalten werden, und der Geruch von Angst, Überdruß und alten Pausenbroten erinnerte mich schlagartig wieder an meine eigene Schulzeit. Ich dachte, mit wieviel Mühe man mich einst hinprügeln mußte und daß achtzehn Haus- und Ehejahre es geschafft haben, daß ich alles mögliche auf mich nahm, nur um an einem einzigen Abend in der Woche »frei«zubekommen, um hingehen zu dürfen. Es war beklemmend still, so wie früher, wenn man zu spät gekommen war, und als ich das entsprechende Zimmer gefunden hatte, da erwartete mich hinter der Tür nicht etwa eine Gruppe aufmerksamer Schüler, die être in sämtlichen Formen konjugierte, sondern ein smarter Typ im schwarzen Rollkragenpulli (Nenn mich einfach Swen, ja?), der Leiter der Selbsterfahrungsgruppe. Er teilte mir unumwunden mit, der Kurs »Französisch für Fortgeschrittene« sei auf den Donnerstag verlegt worden, da die Mehrzahl der Teilnehmer des Grundkurses am Mittwochabend keine Zeit gehabt hätte. Ich fühlte mich »wie das Mädchen, das keiner mitspielen läßt«, und sah wohl auch so aus, denn »Nenn mich einfach Swen, ja?« faßte mich väterlich bei der Schulter, dirigierte mich ins Klassenzimmer mit den vielen bunten Kinderzeichnungen an den Wänden und rief einer auf dem Boden sitzenden Gruppe Mittzwanziger zu: »Hier ist jemand, der gern mitmachen will!« Ich grinste blöd und gestand, daß ich Lisbeth heiße, wobei mir durch den Kopf schoß, daß ich zu Hause gemütlich – in Kombination mit »Denver« – hätte die Wäsche bügeln können, wenn mir die blösinnige Idee, mich weiterbilden zu müssen, nicht den Verstand umnebelt hätte. So fand ich mich dann im Kreise junger Leute auf dem

Boden sitzend wieder und wußte nicht, was ich tun sollte, bis »Nenn mich einfach Swen« mir sagte, um was es ging: Wir übten uns in freier Assoziation, was bedeutete, daß uns unser Gruppenleiter ein Kissen zuwarf und derjenige, dem es zugeworfen wurde, ohne zu zögern sagen mußte, was er dachte. Es ging Wurf auf Wurf, und ich muß schon sagen, es war interessant zu hören, was wildfremde Menschen denken, wenn ein sehr kühl beobachtender, fremder, attraktiver Mann ihnen Kissen zuwirft.

»Weich! Schön! Ich möchte dich kennenlernen. Kindheit. Schutz.« Maren hatte das Kissen bereits mehrere Male geschnappt, und ihre Assoziationen wurden freier. »Liebe. Sex. Kuscheln.« Ich hielt das Kissen plötzlich in der Hand, und ehe ich mich versah, hörte ich mich zu meinem Entsetzen sagen: »Wie spät ist es eigentlich?« Woraufhin »Nenn mich einfach Swen« augenblicklich auf die Uhr sah und tröstlich sagte: »Gleich acht. Wir machen um Viertel nach Schluß!«, womit er klar zu erkennen gab, daß ihn die freie Assoziation seiner »Schüler« weniger interessierte als die Frage, ob er den Beginn der heutigen Fußballübertragung noch mitbekommt, wenn es ihm gelingt, pünktlich zu schließen und Marens Assoziationen, die deutliches Wunschdenken erkennen ließen, rechtzeitig zu entkommen.

Als ich wieder zu Hause war, schlug es eben halb neun und Benno saß wie gebannt vor der Mattscheibe, freute sich (mit einem kurzen Seitenblick) aber doch über mein frühzeitiges Zurückkommen, das den Schluß zuließ, daß ich mir das Problem des »Sich-völlig-Entfremdens« doch zu Herzen genommen habe. Nichtsdestoweniger sprach er den ganzen Abend kein Wort mit mir und hörte meinem Bericht über den Abend in der Selbsterfahrungsgruppe mit beleidigendem Desinteresse zu. Ich habe mir den Beitrag, den ich für den Französischkurs ausgegeben habe, zurückzahlen lassen und mir eine kleine Espressomaschine dafür gekauft, weil Benno und Lil immer davon geschwärmt haben. Assoziation: schlechtes Gewissen. Ob »Nenn mich einfach Swen, ja?« mir nicht doch zu einigen Erfahrungen, mich selbst betreffend, verholfen hätte? Ich weiß, daß Du es sicher nicht gut findest, daß ich den Psychokurs nicht besucht habe, aber ich bin schon in der Gruppe der Kindergartenmütter die Älteste. Vielleicht lasse ich doch meine gequälte Wirbelsäule zu Wasser oder versuche mich in der Kunst des Klöppelns. Schief gewickelt,

Deine Lisbeth

3. Dezember

Liebe Paula,

natürlich hast Du recht, wenn Du schreibst, daß bereits mein Zurückweichen »vor der ersten Schwierigkeit« den Beweis dafür liefert, wie dringend nötig ich eine Selbsterfahrungsgruppe besuchen müßte, und daß »Nenn mich einfach Swen, ja?«, der Leiter der hiesigen, mir sicher zu mehr Mut und Durchsetzungsvermögen verholfen hätte. Aber was willst Du machen? Ich bin so oft zurückgewichen, daß es mir zur häßlichen Gewohnheit, was sage ich, zu einer häßlichen Reflexbewegung geworden ist, eine Folge jener Reflexbewegung, die kleine Kinder an sich haben, wann immer sie die gestreßte Mutter sehen. Beobachte das mal: Die kleinen Dinger heben automatisch die Ärmchen und wünschen körperlichen Kontakt! Die Sorge »Bloß nicht weggehen lassen!« übernehmen schließlich die älteren Familienmitglieder von den jüngeren. Sie entsteht jedesmal und mit geradezu tödlichem Automatismus, sobald sie Muttern Richtung Tür streben sehen und gewahrwerden, daß diese *keine* Mülltüte mit sich trägt.

Die Pleite mit der Volkshochschule hatte übrigens eine peinliche Nachwirkung: Das Gefühl, ganz und gar nutzlos zu sein und niemals etwas Neues zu schaffen, verursachte in mir das Bedürfnis, etwas zu produzieren, das die Familie nicht *sofort* aufessen kann, das andererseits keine besonderen Talente, Vorstudien oder den Zwang, das Haus zu verlassen, erfordert. Es sollte nicht zu teuer sein und keine Werkstatt erforderlich machen, und es durfte nicht jugendgefährdend sein, bei all den Unter-Achtzehnjährigen, die wir im Haus haben. Aufwendige Dinge wie »Bauernschränke, selbst restauriert« oder sittengefährdende wie

»Aktfotografie, bequem, diskret, schnell, auch auf engstem Raum durchführbar« schieden also aus, und so kam ich an »die Nadel«, will sagen, ich begann zu stricken!

Es begann ganz harmlos, indem ich eines Morgens, es war kurz nach meinem Erlebnis mit »Nenn mich einfach Swen, ja?« – ich glaube, direkt »am Morgen danach« –, in einer Zeitschrift herumblätterte, um das leidige Aufstehen vom Kaffeetisch hinauszuzögern, das mir seit einiger Zeit so schwerfällt, und mir zum erstenmal die beliebte Rubrik: »Selbstgestrickt« auffiel, welche ich bis dahin gedankenlos überblättert hatte. Und da geschah es! Es überfiel mich so plötzlich, wie mich während der Schwangerschaften das Gelüst nach Johannisbeeren überfallen hatte! Ich begab mich auf meine tägliche Einkaufstour, um Wirsing und Milch zu holen, und kam statt dessen mit sechs Knäuel Mohairwolle »Kramer rosa, Qualität Karamba« aus dem Supermarkt wieder heim. Ich warf die Betten zu und kehrte die Krümel in der Eßecke unter das Vertiko, und dann setzte ich mich in den Sessel und gab mich meiner Sucht hin. Bis zum frühen Mittag war ich wie besessen mit »eins rechts – eins links« beschäftigt, dann rannte ich zum Kindergarten und schleppte den Kleinen im Affentempo nach Hause und stopfte ihn mit Pommes frites voll, weil er bei diesem »Gericht« erfahrungsgemäß kein Theater macht und ich seinen kleinen Körper somit auf die schnellste Art und Weise versorgt hatte, und dann sah ich voller Freude, daß Donnerstag war und Lil in der Stadt bleiben und nicht nach Hause kommen und mich bei »eins rechts – eins links« stören würde.

Am nächsten Morgen konnte ich es kaum erwarten, daß Lil und Benno I endlich das Haus verlassen hatten, und dann zerrte ich den Kleinen eine Viertelstunde zu früh und mit grimmiger Entschlossenheit zum Hort und sprintete derartig erregt nach Hause zurück, daß niemand auf den Gedanken gekommen wäre, daß es wirklich nur das Strickzeug war, das mich einen solchen Galopp anschlagen ließ!!!

Zu diesem Zeitpunkt waren mir bereits zwei Dinge absolut klargeworden, nämlich, daß mein Verhalten nicht normal war und daß das rosa Ding, das ich mit solch verbissenem Eifer seiner

Vollendung zutrieb, niemandem, nicht einma Benno I in zehn Jahren (bei einer jährlichen Gewichtszunahme von fünf Kilo), passen würde, aber weder die eine noch die andere Erkenntnis konnte mich von der Nadel abbringen. Es war verrückt, es war wahnsining, aber ich strickte und strickte. Nachmittags jagte ich den Kleinen mit dem Versprechen, daß es heute ganz bestimmt schneit, in den Vorgarten. Abends hatte Benno I zwar ein recht lieblos zubereitetes Mahl vor sich, jedoch zum erstenmal, seitdem wir verheiratet sind, keinerlei Ärger mit der »gepflegten Konversation«, die ich ihm sonst allabendlich aufzwinge, derweil er mit einem Auge und einem Ohr an den Abendnachrichten teilnimmt, die ihn weit mehr interessieren als mein Erlebnis mit der neuen Kassiererin bei Aldi. Ich machte es wie er, stopfte das Essen blicklos und mit den präzisen Bewegungen eines Baggers in mich hinein und erhob mich dann noch kauend vom Tisch, um zu meinem Strickzeug zu gelangen, welches ich genau sechsundvierzig Minuten nicht in der Hand gehalten hatte, eine Zeitspanne, in der ich zwar dahinvegetiert, aber nicht richtig gelebt hatte.

Um zehn Uhr des zweiten Abends war mein Wollvorrat verstrickt. Ich hatte ein Ding von einem Meter fünfzig Länge und vierzig Zentimeter Höhe vor mir, bei dessen Anblick ich mich selbst und jeder, der es sah, voller Erstaunen fragte, was es »darstellen» solle. Dabei, und hier machte sich bereits die Krankheit bemerkbar, war es mir vollkommen egal, was das Ding darstellte. (Es hatte seinen eigentlichen Zweck ja längst erfüllt.) Mich bewegte zu diesem Zeitpunkt, zu dem der allerletzte Wollrest zu »eins rechts – eins links« geworden war, einzig und allein die brennende Frage, ob ich mir schnell genug einen neuen Vorrat beschaffen könnte und was ich tun sollte, falls der bewußte Drahtkorb im Supermarkt bereits von anderen Strickerinnen geräubert wäre, wenn ich ankäme. Ich stand auf und ging zu Bett und beantwortete Lils Frage, ob ich eigentlich schon die Zutaten für die diesjährige Weihnachtsbäckerei besorgt hätte und ob wir eigentlich in diesem Jahr überhaupt keinen Adventskranz aufhängen würden, zerstreut mit »Ich weiß nicht«. Erfüllt von der Sorge, ob ich morgen früh ganz bestimmt Punkt neun an neuen

»Stoff«, Marke Kramer rosa, Qualität Karamba, kommen würde, war ich zur Erörterung gleich welchen Problems nicht imstande.

Am anderen Tag, Schlag neun, schleppte ich die gesamten Restbestände aus dem bewußten Drahtkorb eilig zur Kasse, zahlte mit leicht zitternder Hand einen stattlichen Preis und besorgte im Vorbeigehen noch ein Pfund Lauch aus dem Sonderangbot für das Mittagessen. Nachmittags erwischte mich Änne unvermutet, wie ich in meinem nicht aufgeräumten Salon auf meinen nicht gesaugten Teppichen saß und mich meinem Rausch hingab. Sie fragte nicht wie die anderen, was das Ding »darstellen« sollte, sondern wies mich knapp darauf hin, daß das Ganze für einen Pulli zu weit und für eine Bettdecke zu schmal und »es eine Schande« um die teure Wolle sei. Dann bot sie mir an, Wolle und Ding an sich zu nehmen, um »etwas Tragbares« daraus zu stricken. Dieser Vorschlag traf mich ins Herz, vergleichbar etwa mit jenem Herzstich, den man fühlt, wenn eine gute Freundin sich anerbietet, die Pflichten der Hochzeitsnacht zu übernehmen oder die Pflicht, Deine letzte Schlaftablette zu schlucken, und ich funkelte sie böse an, daß »sie sich ein eigenes rosa Ding aus Kramer rosa, Qualität Karamba« stricken solle. Sie verabschiedete sich schließlich, nicht ohne die Bemerkung zu machen, daß man im Krieg neue Sachen aus alten strickte (aus Not, wie sie betonte) und ich mir doch bitte einmal ausrechnen solle, was der scheußliche Pulli, den bestimmt niemals jemand tragen würde, letztendlich koste. Ich nähte das lange Teil schließlich zusammen und versah es mit einer Passe und schlauchähnlichen Ärmeln, die aber gar nicht so übel sind, wenn man sie aufkrempelt, nur die Sache hat reichlich »Spiel« und umgibt mich tonnenförmig mit viel leerem Raum, so daß ich entfernte Ähnlichkeit mit einer wandelnden Litfaßsäule habe. Aber das macht nichts, denn »Kramer rosa, Qualität Karamba« kratzt so entsetzlich, daß ich den Pulli niemals tragen werde. Ich werde ihn gut verwahren, und vielleicht gerate ich ja mal wieder »in Not«, und dann wird mich der Gedanke trösten, daß ich etwas besitze, daß ich aufribbeln und verstricken kann.

Es ging dann drei Tage gut, und ich glaubte schon, daß ich das

Problem im Griff hätte, aber da packte es mich aufs neue. Ich ging los, um Blumenkohl und Schnitzel zu holen, und schob mein Wägelchen an bewußtem Drahtkorb vorbei, und als ich an der Kasse war, hatte ich die Schnitzel vergessen und dafür zehn Stränge »Golden door, Qualität: metallic« zu zahlen. Ich rannte wie verrückt nach Hause und ließ die Wäsche in der Maschine, ohne mich darum zu kümmern, daß sie lange geschleudert war und bereits Schimmel ansetzte, und nun bin ich dabei, zu der Litfaßsäule noch eine Konservendose zu stricken. Ich stellte übrigens zu spät fest, daß man »metallic« nicht selbst waschen kann, sondern immer in die Reinigung geben muß, aber es ist mir egal. Ich werde die Konservendose ohnehin niemals tragen.

Gestern brachte ich das Problem bei den Kindergartenmüttern zur Sprache, und siehe da: Die meisten unter ihnen kannten es. Irene brachte die merkwürdige Sucht auf einen prägnanten Nenner: »Es ist mir vollkommen egal, ob ich meine selbstgestrickten Pullis tragen kann oder nicht«, sagte sie. »Wichtig ist mir nur die Gewißheit, daß ich während all der vielen Stunden, in denen ich meine Hände mit ›eins rechts – eins links‹ beschäftigt halte, unmöglich zur Pralinenschachtel, zur Zigarettendose, zum Cognacglas oder zu der Schachtel mit den Beruhigungspillen greifen kann.« So gesehen, waren die hundertzwanzig Mark, die ich für »Kramer-Karamba« und »Golden door« hinblättern mußte, doch nicht zu hoch angesetzt. Womit, vertraulich gefragt, beschäftigst Du Deine Hände, wenn Du sie nicht gerade auf die Schultern eines Gruppenmitglieds des Kurses »Berührungsängste überwinden« legst? Krallst Du sie um den Griff eines Einkaufswagens? Steckt Du sie in ein Schälchen mit Fingernagelhärter, oder faltest Du sie zum Gebet? Ich habe gestern versucht, einen ganzen Abend »ohne Nadel« zu verbringen, und weißt Du, was geschah? Ich habe die Pralinen gefressen, die Benno einer Betriebskollegin mitbringen wollte. Hintereinanderweg – alle auf einmal.

Ich werde jetzt noch eine Runde stricken, Dir wünsche ich besinnliche Stunden zum Advent,

Deine Lisbeth

2. Advent

Liebe Paula,
unter meinem wunderschön herausgeputzten Adventskranz sitzend, möchte ich Dir schon heute »ein besinnliches Fest« und den obligaten »Guten Rutsch« wünschen (unter Berücksichtigung der von Dir gewünschten Richtung!)

Über Deinen letzten Brief habe ich sehr gelacht, vor allem über den Absatz am Ende, in dem Du mir zu verstehen gibst, daß Du Dir nichts weiter zum Fest wünschst, als daß Dich niemand mitfühlend und mit gedämpfter Stimme fragt, was Du Arme (!) denn nun ganz allein an den Feiertagen beginnen wirst, wenn man von der beliebten Möglichkeit, sich die Pulsader aufzuschneiden, einmal absieht. Ich nehme also Deinen Wunsch zur Kenntnis und werde auch das geplante Geschenk, eine sehr hübsche kleine Silberschale zum Auffangen etwaiger Tränen, nun nicht an Dich absenden. Vielleicht ist es ja auch möglich, daß jemand, der die Feiertage im Kreise einer vollzählig versammelten Familie verbringt, für deren anspruchsvolle Mägen er voll verantwortlich ist, sie nötiger braucht.

Deinen Brief mehrmals lesend, habe ich beruhigt zur Kenntnis genommen, daß Du absolut gern den Heiligen Abend in der Gesellschaft eines einzigen nadelnden Tannenzweiges verbringst und es nicht das Alleinsein ist, das Dich nervt, sondern die teilnehmenden Fragen (mit zögernd ausgesprochenen Einladungen im Schlepp) nach demselben. Ich glaube Dir übrigens aufs Wort, daß Du es durchaus erträglich findest, das Fest »in seiner alten Tradition« ausfallen zu lassen, und es schon jetzt außerordentlich genießt, mit den Händen in den Manteltaschen langsam durch die geschmückten Straßen zu wandeln und lässig hier und da stehenzubleiben, um, auf nostalgische Art amüsiert, Deinen Mitschwestern beim schwitzenden Schleppen von Paketen aller Art zuzusehen. Und am Festabend selbst wirst Du Dir dann also ein Schweinelendchen in grünem Pfeffer und einen gut gekühlten Rosé zu Gemüte führen und dazu eine schöne Karajan-Platte hören und früh zu Bett gehen. Hm! Klingt gar nicht so übel, möchte ich meinen, gar nicht so übel!

Ich muß Dir gestehen, daß ich an dem ganzen Fest als solchem eigentlich nicht viel Interesse habe – ich will sagen, daß es mir nichts ausmacht, es in ritueller Form zu feiern, so wie es mir nichts ausmacht, es einfach ausfallen zu lassen. Auf was es mir wirklich ankommt, ist die Adventszeit, auf die ich unter gar keinen Umständen verzichten möchte und die mich in dieselbe verspielte Stimmung versetzt wie eine bestimmte Periode im Frühjahr, in der man endlich die Terrassenmöbel aufpolieren und die Kästen bepflanzen kann.

Zusammen mit den Wochen im Advent sind mir dies die schönsten Zeitabschnitte im Jahr, wobei mir an der Vorweihnachtszeit vielleicht noch mehr gelegen ist, weil ich da meinen Dekorationswahn befriedigen kann, ohne daß ein plötzlicher Platzregen alles zunichte macht und meine schönen Dekorationen den Hang hinunterkollern.

Ich glaube, daß ich den widerlichen November überhaupt nur in der Gewißheit einigermaßen hinter mich bringen kann, daß es ja nicht mehr lange dauert und ich meinem Spieltrieb ganz legitim und mit dem Alibi, dies alles ja eigentlich nur für die Kinder zu tun, frönen kann, und zuweilen wird mir tatsächlich bang ums Herz bei dem Gedanken, daß mir auch der Kleine eines Tages die herbe Mitteilung verpassen wird, zum weiteren Bau von Pfefferkuchenhäusern nun wirklich keine Lust mehr zu haben. Vielleicht gelingt es mir ja dann – aus der Notsituation heraus –, das Kind in Benno I zum Leben zu erwecken, nur, er scheint mir ein ziemlich phantasieloses und wenig begeisterungsfähiges Kind zu sein, das seine schwachen Spieltriebe ausschließlich auf dem Sportplatz austobt. Aber noch habe ich die passenden Mitspieler im Hause (man kann gegen Kinder einwenden, was man will, und sie machen einen zu gewissen Zeiten wirklich rasend, aber zu Weihnachten sind sie durch nichts zu ersetzen), und so kann ich ungeniert sämtliche Räume, einschließlich der Bäder, mit Tanne schmücken, die Fenster mit künstlichem Schnee besprühen, »Frohe Weihnachten« in drei verschiedenen Sprachen an die Dielentür schreiben und doppelstöckige Pfefferkuchenhäuser bauen! Ich weiß, daß es ganz und gar unmöglich ist und auf wenig Intellekt schließen läßt, wenn man nicht in den »Ist-dieser-Weihnachtsrummel-nicht-schrecklich-Kanon« mit einstimmt, der »O du fröhliche« so erfolgreich aus der weihnachtlichen Hitparade verdrängt hat. Aber was, bitte schön, haben denn die, die dafür demonstrieren, daß man Weihnachten abschaffen soll, weil es nicht mehr in unsere Zeit paßt, statt dessen anzubieten? Natürlich kann man dem Kleinen, wenn er pünktlich zum Advent mit einem kleinen Verslein daherkommt, das die nimmermüde Kindergärtnerin ihm beigebracht hat, ganz pädagogisch erklären, daß der Weihnachtsmann künftig nicht mehr kommen kann, weil er bei all dem Elend und all der Not und all den Nuklearwaffen einfach zu betrübt ist, seinen Sack noch weiterhin mit guten Sachen zu füllen und die bösen Menschenkinder für ihre Untaten auch noch zu beschenken, und daß der Papi und die Mami bei all dem Elend und all den Nuklearwaffen auch keine Lust mehr haben, noch weiter bei Kerzenlicht zusammenzusitzen und Nüsse zu knacken – nur, frage ich Dich, werden Streit und Atomwaffen ausgelöscht, wenn wir statt dessen wie immer vor der Glotze hocken und »Die Nacht der Zombis« anschauen, und soll das gemeinsame Genießen von Bonanza am Sonntagnachmittag wirklich die einzige Familientradition sein, an die sich die Kinder später einmal erinnern können? Ich meine, daß die Weihnachtszeit nach wie vor eine durch nichts ersetzbare Gelegenheit ist, in den Kindern ein Kämmerchen mit – sagen wir ruhig – süßen Erinnerungen einzurichten, in das sie sich später einmal zurückziehen können, wenn Not am Mann ist.

Denn, was anderes als das Wieder-Hervorkramen der eigenen Erinnerungen macht mich heute in der Adventszeit so zufrieden? Und warum soll ich meinen Kindern dieses Gefühl vorenthalten, auch wenn und gerade weil in den heutigen Zeiten so wenig Raum für »Gemütlichkeit« im eigentlichen Sinne bleibt.

Ich möchte, daß jeder, der zu dieser Zeit unser Haus betritt, etwas von dieser Wärme und Gemütlichkeit spürt, ich möchte, daß es immer so ein bißchen nach selbstgebackenen Plätzchen und Großmutters Rezepten und nach alten Märchen riecht. Daß auf dem großen Teller mit den verblaßten Weihnachtsmotiven für jeden eine kleine Nascherei liegt und die blaue Stunde so oft wie möglich zur besinnlichen Stunde zwischen Tag und Abend gerät.

Ich habe übrigens festgestellt, daß der Kleine (schon auf Anregung der nimmermüden Kindergärtnerin) in den vorweihnachtlichen Wochen einen sehr rührenden rotbackigen Eifer an den Tag legt und sogar unser selbstbewußter Teenager zur blauen Stunde gern an meinem Teetisch Platz nimmt und über einer Tasse Gewürztee weit gesprächiger ist als sonst. Der Kleine und ich nähern uns menschlich (der störende Altersunterschied ist aufgehoben), wenn wir in der Küche Seite an Seite wie alte Kameraden Nüsse vergolden und Pfefferkuchenhäuser bauen. Lil hat gestern übrigens sogar ihr lebensnotwendiges Jazz-Dance-Training ausfallen lassen, um sich zu uns zu gesellen und eine Girlande aus Salzteig zu gestalten. Die Girlande ist so wunderschön und so barock geworden, daß das Wort »gestalten« wirklich am Platze ist. Sie malte sie hinterher blau an und besprühte sie mit Silberglimmer und besteckte das Kunstwerk mit Perlen und Pailletten, und dann brachten wir es über der Tür zum Salon an. Es sah wunderschön aus, und jeder, der die Diele betritt, guckt erst mal mit zurückgelegtem Kopf und geöffnetem Mund eine Weile nach oben, und selbst Benno I stutzte einen Augenblick lang – und dann lächelte er!!!

Inzwischen geht es mit Riesenschritten auf Heiligabend zu, und die Adventsdekorationen sind, soweit sie aus Tanne bestehen, bereits überholungsbedürftig, aber sie haben ihren Zweck erfüllt. Das Fest selbst interessiert mich, wie schon erwähnt, eigentlich nicht so sehr, es streßt tatsächlich von Jahr zu Jahr mehr, und der ewige Streit, wer wann wo zu Mittag beziehungsweise zu Abend ißt, regt mich schon vorher auf. Änne besteht darauf, daß wir am Heiligen Abend *und* an beiden Feiertagen ununterbrochen zusammen sind, und Tantchen möchte auch gern eingeladen werden und ihren Anteil an »den strahlenden Kinderaugen« haben, und Lil möchte allenfalls am Ersten zum Mittagessen mitmachen und sich am Zweiten mit ihrer Clique in der Stadt treffen, um »Ist dieser Weihnachtskram nicht schrecklich« zu spielen, und der Kleine wird erfahrungsgemäß am Ersten abends bereits völlig erschöpft sein und sich weigern, sich von Änne in den schönen neuen Schlafanzug stecken zu lassen. Du siehst, Paulinchen, der Meckerei, wie anstrengend, wie widersinnig und mit wieviel Streit beladen die Weihnachtstage oft sind, kann ich wenig entgegensetzen, und ich würde wohl kaum aufmucken, wenn sie anstelle des Heiligen Abends in traditioneller Form einen Schweigemarsch durch den sterbenden Wald anordnen würden. Aber von meiner Adventszeit sollen sie die Finger lassen. Ohne sie wäre der Winter doch nur noch länger, noch dunkler und noch freudloser. Nimm übrigens keinen getrockneten grünen Pfeffer fürs Lendchen. Frischer ist viel, viel besser. Ich rufe Dich am zweiten Feiertag einmal an. Wenn Du jemanden vollkommen erschöpft krächzen hörst, dann ist das nicht der schwarze Rabe aus dem Märchen, sondern bloß

Deine Weichnachtslisbeth

17. Dezember

Liebe Paula,
stieß soeben, als ich in der neuen »Frau und Heim« nach dem Rezept für gefüllte Marzipansterne fahndete, unvermutet auf den trostspendenden Artikel: »Ein besinnliches Stündchen mit sich allein«, in welchem der strapazierten Hausfrau dringlich geraten wurde, zwischen dem 15. Dezember und dem 2. Januar unbedingt mindestens sechzig Minuten lang auszuruhen, damit sie die »hohe Zeit« mit Würde hinter sich bringt und nicht aus Erschöpfung in den Lichterbaum fällt oder in einem plötzlichen Anfall unverständlicher Raserei auf der gefüllten Gans herumtrampelt.

Den Rat beherzigend, will ich mich nun niedersetzen, um mich vor dem Fest noch einmal bei Dir zu melden (laut Umfrage sitzt die Durchschnittshausfrau in der Woche vor Weihnachten nur noch dreieinhalb Minuten täglich), wobei ich Dir gleichzeitig meine guten Wünsche zum Fest aussprechen möchte, auch wenn sich mein Herz vor Neid verkrampfte, wann immer ich während der letzten Tage an Dich gedacht habe. Ich war im Konsum-Dschungel auf Geschenk-Safari, um für jeden »eine Kleinigkeit« zu erringen, welche ich nun noch festlich verpacken muß, damit sie am Heiligen Abend mit mehr oder weniger gekonnt dargebrachter Überraschung und angestrengt geheuchelter Freude wieder ausgepackt werden kann.

Bei dem Kleinen ist das ganze Unterfangen noch am einfachsten. Unschuldig-dämlich, wie er ist, freut er sich fast über alles, solange es nur mit der nötigen Zeremonie angepriesen wird, eine Sache, bei der Änne es zu wahrer Meisterschaft bringt, Tenor: »Ja was hat das tleine Tristtindlein dem tleinen Bennolein denn wohl debracht?« Und dann überreicht sie einen simplen Acrylpulli mit einer so geheimnisvollen Miene, daß man den Eindruck hat, das tleine Tristtindlein habe ihn ihr höchstpersönlich und extra für das tleine Bennolein des Nachts im Mondschein anvertraut.

Aber die anderen...

Lil wird ihre Geschenke mit bühnenreifen Jubelschreien auspacken, die neue Bluse den ganzen Abend tragen – und mich später in einem heimlichen Augenblick in der Küche fragen, ob ich beleidigt bin, wenn sie sie umtauscht.

Benno wird sein Geschenk mit verständnislos-abwesendem Blick einen Moment lang in der Hand halten, »So-so-na-schön« murmeln und die neue Weste dann im nächsten Sessel ablegen, von wo ich sie irgendwann und diskret entfernen darf.

Änne wird beim Anblick ihres Geschenkes unverzüglich Marktforschung betreiben, unverblümt fragen, wo ich es erstanden habe, oder den Anwesenden taktlos mitteilen, daß sie eben dies noch vor einigen Tagen im Schaufenster von »Scheff und Sohn« gesehen hat, wobei sie durchblicken läßt, daß ihr die Tatsache, daß es immer noch Leute gibt, die bei »Scheff und Sohn« kaufen, einfach unverständlich ist.

Tantchen wird, was auch immer, mit stets parater Rührung betrachten, uns alle der Reihe nach mit Tränen in den Augen küssen, sich hundertmal bedanken und das Geschenk dann original verpackt in ihren Schrank legen, zu all den anderen orginal verpackten Geschenken der letzten zehn Jahre... Und dafür, liebe Freundin, lasse ich mich beinahe zu Tode trampeln, gebe so viel Geld aus, daß Benno I kürzlich grämlich bemerkte, er möchte endlich mal in mein Chalet in der Schweiz eingeladen werden, das ich mir von all den Geldern, die ich angeblich zu

Weihnachten verpulvert habe, bauen ließ, und gefährde zusätzlich den Kleinen, wenn er sich in dem verzweifelten Bemühen, mich im Trubel nicht zu verlieren, tapfer den Arm ausrenkt.

Ja, Du kluges Mädchen, dies alles bist Du zusammen mit Werner in einem Aufwasch losgeworden!!! Wenn ich mir vorstelle, daß Du Dir von all dem gesparten Geld erstmalig selbst eine Freude machen kannst... also wenn ich mir *das* vorstelle...

Und niemand ringt Dir nach den Höchstleistungen der letzten Tage noch die geradezu übermenschliche Anstrengung ab, beim Anblick einer Brosche, die wie ein mit Brillantsplittern besetztes Stück Milz aussieht, in Freudentränen auszubrechen (O nein, wie lieb von Dir!!!) und glaubhaft zu versichern, daß Du Dich nach vier vergoldeten Walnußhälften, in deren Mitte ein Lichtlein brennt, seit Jahren verzehrt hast.

20. Dezember
Muß noch eine Seite anfügen, wobei mir bewußt ist, daß ich die »Stunde für mich ganz allein« in geradezu frevelhafter Weise verlängere: Traf heute morgen unvermutet Sabine in der Schmuckabteilung des Kaufhofs, wo ich für Lil einen Ohrstecker kaufte und sie sich Manschettenknöpfe (!) ansah.

In meiner taktlosen Art fragte ich, ob die Manschettenknöpfe für diesen reichen Greis bestimmt seien, der den Ingenieur aus Solingen abgelöst hat. Sie lud mich in die Erfrischungsabteilung ein und gestand mir in freundschaftlicher Offenheit, daß es mit dem reichen Opa leider auch nichts geworden sei. Er verfügt zwar über eine Riesenvilla und ein beachtliches Vermögen (nimmt Sabine an) und soll sogar im diplomatischen Dienst tätig gewesen sein – aber die Kinder und Kindeskinder aus drei Ehen halten ein wachsam-mißtrauisches Auge auf Villa und Vermögen gerichtet. Außerdem gehört er zu jener aussterbenden Sorte von Gentlemen, die es einfach ungehörig finden, Ex-Frauen für immer zu verstoßen: Er hält zu allen dreien intensiven Kontakt. Da Sabine, wie sie mir gestand, mit ihrem eigenen Bekanntenkreis recht zufrieden ist und von all dem Segen weniger abbekam als die Ehemaligen (der Gentleman vertrat die Ansicht, daß sie ja schließlich »ihn selbst« hätte), fühlte Sabinchen sich bald reichlich vernachlässigt. Sie wirkte heute auffallend ernüchtert, was ihre rosigen Zukunftsaussichten betrifft, und gab verstört zu, daß unter den neuen Kandidaten nicht ein einziger war, der an Anton auch nur heranreichte! Die Manschettenknöpfe hat sie demzufolge auch für ihn ausgesucht, denn er hat sich inzwischen mit der Inhaberin eines Modegeschäftes getröstet, was Sabine sehr verbitterte. Nun will sie beim ersten Weihnachtsfest »zu zweit« wenigstens indirekt teilnehmen, indem sie ihm erst die Manschettenknöpfe schickt und dann am Heiligen Abend anruft, um zu fragen, wie sie ihm gefallen, just in jenem Augenblick, in welchem er die Lichtlein anzündet und die Neue die Fonduegabel zum erstenmal in den Fettopf taucht. Sie soll das unangenehme Gefühl haben, ein Weichnachtsfest à trois zu verleben, an dem eine schöne Vorgängerin imaginär teilnimmt!

Sabine gab zu, daß sie inzwischen leichte Panik hat, daß ihr einziges Kapital, nämlich ihre Attraktivität, unaufhaltsam schwindet (laut Statistik soll die reife Frau der taufrischen Siebzehnjährigen noch immer nicht den Rang abgelaufen haben). Sabine trachtet ihre Frische in einem Fitneßcenter zu erhalten, in welchem sie zweimal die Woche ihren Body buildet. Angeblich soll sich ihr Busen inzwischen dermaßen gestrafft haben, daß man wie ein Squashball abprallt, wenn man unvermutet mit ihm zusammenstößt. Sie hat auch beschlossen, etwas für ihre Bildung zu tun, denn der reiche Greis weigerte sich entschlossen, sie in seine Kreise einzuführen, was sie ungeheuer gewurmt hat. Dafür durfte sie dabeisein, wenn er seine Atemgymnastik machte, und in der automatischen Waschanlage zusehen, wie das Wachs auf den Wagen aufgetragen wurde, und das war ihr auf Dauer zu wenig. Jedenfalls hat sie beschlossen, mit Volkshochschulkursen anzufangen und ihren Geist dann langsam höher zu trimmen. Ich muß sagen, das Mädchen tut was für seine Zukunft.

Mußte gerade unterbrechen, weil der Kleine den sorgsam verpackten Christstollen gefunden, ausgepackt, angebissen und die Krümel sorgsam in meinem Bett verteilt hat. Ich räumte gerade den unappetitlichen Rest zusammen, als Benno auf der Bildfläche erschien. Er fragte freundlich, ob er mir helfen könnte. Ich warf ihm einen verwirrten Blick zu, konnte es aber nicht lassen, mir mit der bekannten Geste nimmermüder Hausfrauen das Haar aus der Stirn zu streichen und dazu kaum hörbar »Ach laß nur« zu murmeln. Er sah mich mit aller Milde, deren er fähig ist, an (er ist seit einigen Tagen geradezu aufreizend zufrieden, in seinem Büro müssen sich entscheidende Dinge zu seinen Gunsten entwickelt haben) und sagte plötzlich: »Weißt du was, geh doch einfach mal zum Friseur!«

???

»Mutter ging früher immer zum Friseur, wenn's ihr mal zuviel wurde!« fügte er erklärend hinzu.

Er zwinkerte mir aufmunternd zu, und ich hatte das Gefühl, daß das »Einfach-mal-zum-Friseur-Gehen« in seinen Augen eine Frivolität ist, er jedoch in einem Anfall vorweihnachtlichen Größenwahns nicht nur bereit ist, die Frivolität zu gestatten, sondern sie darüber hinaus sogar zu finanzieren.

Kennst Du einen wirklich guten Friseur in Arosa? Ich möchte mich für Silvester vormerken lassen.

Mit einer Packung Mono-Color-mittelbraun auf der Einkaufsliste, in christlicher Bescheidenheit,

Deine Lisbeth

PS: Der etwas verklebt wirkende Stern ist eine »Beiladung« von Benno II, der ihn mir mit der Bemerkung, daß ich ihn »ruhig« verschenken könnte, weil er sowieso nicht »so schön« geworden ist, zu treuen Händen übergab. Änne läßt grüßen!!!

4. Januar

Liebe Paula,
heute habe ich den Tannenbaum abgeschmückt und auf den Müll geworfen, er nadelte bereits zwischen den Jahren so sehr, daß ich Mühe hatte, ihn über Silvester zu retten, und jetzt kommt mir das Wohnzimmer wie in jedem Jahr ohne ihn merkwürdig kahl und groß vor. Benno maulte herum, auch wie in jedem Jahr, und erwähnte, daß man bei ihm zu Hause die Weihnachtsbäume immer

bis zum 28. Januar stehenließ, weil irgendwer da Geburtstag hatte und man die Lichtlein dann noch einmal anzünden konnte. Dann verließ er den Raum und murmelte verdrießlich vor sich hin, daß ja in diesem Hause immer alles für »fünf Minuten« angeschafft und dann auf den Müll gehauen werde, da man ja einen Blödmann gefunden habe, der den Leichtsinn bezahle. Dabei ist es nicht etwa der Baum, an dem er hängt (er würde nicht viel vermissen, glaube ich, wenn wir keinen hätten), es sind vierunddreißig deutsche Mark, die ich erst mit Kugeln behänge und dann auf den Mist werfe, noch ehe sie sich amortisiert haben.

Entschuldige die lange Epistel über Benno I und sein zwiespältiges Verhältnis zu Weihnachtsbäumen, aber er hatte zwischen den Jahren frei und war zu Hause und nervte mich mehr als gewöhnlich.

Die Weihnachtstage verliefen im ganzen gesehen wie immer. Pünktlich drei Tage vor Heiligabend rief Änne an und wünschte das Programm zu erfahren (sie richtet sich da immer ganz nach mir – sagt sie!), vor allem, wer an welchen Tagen wo speise und mit welcher Reihenfolge von Speisen man anläßlich der verschiedenen Feiern zu rechnen habe. Ich hörte, daß über dieser schwerwiegenden Frage schon große Familienfehden ausgebrochen seien und daß der Teil der Sippe, der über die unersetzlichen Kleinkinder verfüge (zu den Feiertagen sind sie so gefragt wie nie), sich, zwischen den einzelnen Bescherungen hin- und herhastend, das Herz aus dem Leibe freuen müsse.

Ich traf Anita, die herzige Mutter, heute in der Gemüseabteilung des Supermarktes, und sie zog einen Kleinen hinter sich her, der wie die stark gealterte Karikatur seiner selbst aussah.

»Um Gottes willen, was ist mit ihm geschehen?« fragte ich.

»Ach, zu Weihnachten ist er immer überfordert«, sagte Anita bekümmert und betrachtete ihn unglücklich. »Er ist das einzige Kleinkind unserer weitverzweigten Familie, die es ablehnt, sich bei uns und gemeinsam unter dem Weihnachtsbaum zu versammeln. Alle wollen ›ihr‹ Kind für sich allein, sozusagen exklusiv genießen.« Sie bückte sich und hob ihren Kleinen in den Einkaufswagen, wo er sich mit stumpfem Blick zwischen den Bananen niederließ. »Am 24. nachmittags waren wir bei meiner

Tante«, sagte Anita. »Kaffee, Kuchen und Bescherung, anschließend hetzten wir zu meinen Eltern, Festessen und Bescherung, und noch am selben Abend brachten wir den Kleinen zu meinen Schwiegereltern, Festessen und Bescherung, und am Ersten kamen meine Eltern und am Zweiten seine und zwischen den Jahren all die anderen Verwandten. Der Kleine mußte täglich Überstunden machen, und gestern war es soweit, daß er beim Anblick eines verspätet eingetroffenen Päckchens in Tränen ausbrach.« Sie winkte mir zu, und ich sah ihr nach, wie sie mit hängenden Schultern Richtung »Teigwaren« verschwand.

Also, was diesen ganzen Zirkus betrifft, so bin ich Mutter wirklich dankbar, daß sie zu Weihnachten in den Staaten bleibt und keinerlei Interesse an deutscher Christmas zeigt, denn allein mit Änne und dem friedlichen Tantchen bin ich vollkommen ausgelastet!

Diesmal teilte mir Änne mit, daß sie sich nun doch entschlossen habe, einen neuen Herd zu kaufen, und aus diesem Grunde gern sehe, daß die Gans am ersten Feiertag diesmal bei ihr gegessen werde. Sie komme dafür am Heiligen Abend und am zweiten Feiertag zu uns! Tantchen sagte, sie habe sich darauf gefreut, die Gans wie immer am Ersten bei uns zu essen, und sich dafür am Zweiten mit einem festlichen Abendessen in ihrem Haus revanchieren wollen. Benno sagte, er habe sich eigentlich gedacht, daß wir Änne am 24. nachmittags kurz besuchten und am Heiligen Abend endlich mal allein wären, es würde doch reichen, wenn wir uns dann am Ersten sähen, und er weigere sich überdies energisch, den ganzen Heiligen Abend über nüchtern in den Baum glotzen zu müssen, bloß weil er wieder mitten in der Nacht Auto fahren müsse. Ich schlug vor, daß Änne bei uns übernachten solle, aber sie meinte, daß ihr das dann zu spät werde, wo sie doch am Ersten morgens die Gans braten wolle. Ich sagte, ob es nicht das Beste sei, wenn sie am Heiligen Abend und am ersten Feiertag bis nachmittags bei uns bliebe und wir am zweiten dann bei ihr die Gans äßen, aber sie meinte, das sei nichts, denn die Weihnachtsgans werde *immer* am Ersten gegessen, und außerdem sei man am Zweiten gewöhnlich schon zu vollgefressen, als daß man sie noch genügend zu würdigen wisse. Lil teilte uns mit, daß sie am

Zweiten nirgendwohin ginge, weil sie in irgendeinem alten Kino Jazz dancen werde. Benno sagte, es sei ihm vollkommen egal, wo wir äßen, wir sollten nur alle zur Kenntnis nehmen, daß er vorhätte, am Heiligen Abend endlich einmal etwas zu trinken, und anschließend bestimmt in kein Auto mehr stiege. Änne sagte, ihr sei es einerlei, was wir machten, und sie richte sich da ganz nach uns, aber es könne doch wohl niemand übers Herz bringen, sie am Heiligen Abend ganz allein in ihrer leeren Wohnung sitzenzulassen. Außerdem wolle sie *auch* hören, wie der Kleine beim Anblick ihres Geschenkes jubele. Tantchen rief an und piepste, sie werde sicher nicht mehr lange leben, und deshalb sei es doch nicht zuviel verlangt, wenn wir alle am Zweiten zum Abendessen zu ihr kämen, und daß sie auch Lil gern bei sich sähe, wo doch Weihnachten sei und Lil immer noch Jazz dancen könne, und im übrigen schlug sie vor, ob wir denn die Gans nicht wie immer am Ersten bei uns essen könnten, ihr habe sie immer sehr gut geschmeckt. Am Heiligen Abend nachmittags würde sie uns jedoch (in Anbetracht der Tatsache, daß ihre Weihnachtsfeste gezählt seien) gern bei sich begrüßen, um mitzuerleben, wie der Kleine ihr Geschenk auspacken und wie sehr seine Augen strahlen würden, wenn er es sähe!

Am Abend vor dem Fest hatten wir uns nach etlichen Telefongesprächen mit Tantchen und Änne und nach etlichen Debatten in der Familie, Tenor: »Ich richte mich ganz nach euch, nur...« schließlich geeinigt: Tantchen und Änne kamen am Heiligen Abend beide zu uns und ließen sich anschließend mit dem Taxi nach Hause fahren, und am Ersten trafen wir uns dann alle bei Änne zum Gansessen und am Zweiten zu einem frühen festlichen Mittagessen bei Tantchen, so daß Lil auch anwesend sein konnte und trotzdem zu ihrem Jazz-Dance-Auftritt noch zurechtkam.

Tantchen war ein bißchen pikiert, weil wir Lils wegen schon um halb zwölf essen mußten und keiner das vortreffliche Menü so recht zu würdigen wußte, da wir bis zum Stehkragen vollgestopft waren. Als wir uns dann am Zweiten endlich in Ruhe vor unserem teuren Tannenbaum trafen und die Reste verspeisten, die Änne und Tantchen uns eingepackt hatten, bemerkte Benno, er möchte mal wissen, wozu wir dann die gesamten Feiertage in Räumen verbringen müßten, in denen kein Baum geschmückt sei. Er sagte es in einem Ton, als ob Änne und Tante *meine* Verwandten seien und ihr Widerwille gegen Christbäume in ihrem eigenen Wohnzimmer mein alleiniges Verschulden sei.

Ich finde, nebenbei bemerkt, daß einem Weihnachtszimmer ohne Christbaum jegliche Stimmung fehlt, und werde mich im kommenden Jahr weigern, ein solches zu betreten. Aber das schwöre ich mir zu jedem Fest.

Sollte es Dich nach dieser strapaziösen Schilderung, wer wann bei wem zum Essen war, noch gelüsten zu erfahren, wo wir Silvester gefeiert haben, so vernimm dies: Lil war mit Georg, der Pikelhaube, auf einer wahnsinnig wichtigen Party, Benno II feierte im Traum, und Änne, Tantchen, Benno I und ich saßen vor der Mattscheibe, auf der sich Roland Kaiser und Co. hüftenschwingend, liedersingend, sektglasgrüßend wie verrückt amüsierten. Ich betone, daß jeder vor seiner eigenen Glotze saß, bloß Benno I und ich zusammen vor einer. Wir hielten es gemeinsam mit der munteren Fernsehtruppe bis fünf nach zwölf aus, und dann küßten wir uns (ich meine, Benno und ich küßten uns), und weißt Du, was die ersten Worte waren, die Benno im neuen Jahr zu mir sagte? Er warf mir einen beleidigten Blick zu und sagte: »Das Scheißding nadelt schon!« Ich denke, Du weißt, daß er bloß den Baum damit meinte. (Ich beziehe in letzter Zeit immer alles auf mich!)

Frohes neues Jahr

Deine Lisbeth

17. Januar

Liebe Paula,

in der letzten Woche geschah etwas ganz Wunderbares, aber keiner hat mir rechtzeitig davon erzählt beziehungsweise niemand hat mich rechtzeitig genug darauf hingewiesen, so daß ich das Ereignis nur halb genießen konnte, denn als ich gerade damit angefangen hatte, da war es bereits zu Ende: Denk Dir, ich war drei Tage und drei Nächte vollkommen allein im Haus.

Es fing damit an, daß Benno I mir vor Weihnachten so ganz nebenbei mitteilte, daß er Anfang Januar zu einer Tagung nach Wiesbaden führe, aber ich hörte nicht richtig hin, weil's an sich ja nichts Besonderes ist und ich außerdem gerade mit der Zubereitung einer sehr komplizierten Biskuitrolle beschäftigt war. Dann, so zwei Tage vorher, erinnerte er mich noch einmal daran, damit ich seine Anzüge inspizierte, und wie ich gerade mit seinem Nadelgestreiften über dem Arm an Lils Zimmer vorbeiging, da sah ich durch die angelehnte Tür einen Seesack, der hastig mit ungebügeltem Zeug vollgestopft wurde. Ich fragte so lässig wie möglich, ob sie vorhätte, uns zu verlassen, und sie blickte mich mit mühsam gezügelter Ungeduld an und sagte in diesem halb nachsichtigen, halb gereizten Ton, den man Verwandten gegenüber, die schon sehr lange bettlägrig sind, anzuschlagen pflegt: »Aber ich habe dir doch erzählt, daß ich in den letzten Ferientagen zum Jazz-Dance-Festival nach Hamburg fahre!« Ich erinnerte mich sehr schwach, daß sie davon gesprochen hatte. Es war direkt vor Weihnachten gewesen, und ich hatte nicht richtig zugehört, weil ich mit der Planung unseres Festivals beschäftigt war und mich Streitgespräche, die ich innerlich mit Änne führte, vom äußerlichen Weltgeschehen ablenkten.

Ich ging in die Küche und bügelte den Nadelstreifen auf und machte mir Gedanken über meinen Geisteszustand und überlegte ernsthaft, wie es dazu kommen konnte, daß ich nicht mal mehr zwei Daten im Kopf behalten kann! Da klingelte das Telefon. Es war Änne, die mir mitteilte, daß sie beschlossen habe, aufs Land zu fahren, um eine alte Schulfreundin zu besuchen, die einen Bauernhof bewohnt, und sie und der Kleine hätten miteinander abgemacht, daß er sie begleiten werde. Ich fragte, wann sie das denn abgemacht hätten, und sie sagte ganz fröhlich: »Ach, zu Weihnachten schon, hab' vergessen, es dir zu sagen. Morgen früh hole ich den Kleinen ab!« Ich ging in die Küche zurück und dachte, wie fein, daß sogar die Vierjährigen unter unseren Familienmitgliedern neuerdings Verabredungen treffen, ohne mich vorher in ihre Pläne einzuweihen.

Morgens gegen acht machte sich Benno I dann auf den Weg, hauchte mir einen Kuß auf die Wange, sprang elastisch in seinen

Wagen, hupte kurz, hob grüßend die Hand und preschte davon. Kurz darauf hielt ein mit Urwaldmotiven bemaltes, abenteuerlich wirkendes Gefährt vor unserem Heim, und Lil hauchte mir einen Kuß auf die Wange, sprang elastisch hinein, hob grüßend die Hand und preschte davon. Gegen neun kreuzte Änne auf, holte sich den Kleinen, sagte, es sei nicht nötig, daß ich sie zum Bahnhof brächte, es genüge, wenn ich ihr ein Taxi bestelle, und rollte kurz darauf abschiedwinkend von dannen.

Ich ging langsam ins Haus zurück und setzt mich mit gefalteten Händen auf das Sofa.

Ich war seit siebzehn Jahren zum erstenmal für längere Zeit allein!!! – und wußte nun nicht, was ich mit der so unerwartet über mich hereingebrochenen Freiheit anfangen sollte. Und da ich es nicht wußte, tat ich zunächst einmal das Nächstliegende: Ich schritt systematisch alle Zimmer ab und hob Klamotten der Abgereisten vom Boden auf, füllte die Waschmaschine, saugte die Teppiche und wischte Staub.

Nachmittags strich ich dann durchs Haus und fand es bereits nicht mehr angenehm ruhig darin, sondern eher totenstill! Ich legte mich ein wenig hin, fand jedoch in dem kalten Schlafzimmer keine rechte Entspannung, sondern registrierte verärgert jeden einzelnen Schlag der Dielenuhr und die beklemmenden Zeiträume, die dazwischen lagen. Dann versuchte ich es mit Lils Zimmer, fand jedoch, daß es zu sehr *ihr* Zimmer war, als daß ich mich hätte dort einnisten mögen. Und abends war ich dann schließlich auf der Couch im Wohnzimmer gelandet, das nun aber wirklich für eine Großfamilie geplant ist, so daß sich ein Single leicht unbehaglich fühlt wie ein Hund, der sein Eckchen nicht findet! Um die scheußliche Stimmung loszuwerden und das Gefühl des Alleinseins zu vertreiben, lag ich schließlich auf dem Sofa, trank Kognak und sah fern, einen widerlichen amerikanischen Film, in dem die Damen jeden Satz mit diesem hoch durch die Gurgel gequetschen »Oh« beginnen und die Männer sich Autorennen auf den Straßen liefern und dann in hohem Bogen aus Kurven und über Brückengeländer fliegen. Ich ging um zehn ins Bett und prüfte dreimal, ob auch wirklich alle Türen gut verschlossen waren, und schlief trotzdem außerordentlich schlecht und unruhig. Am zweiten Tag meines himmlischen Alleinseins wachte ich zur gewohnten Stunde auf und frühstückte, wobei ich die Zeitung ganz für mich allein hatte, aber das war auch der einzige Vorteil! Anschließend holte ich mir das Telefon auf den Kaffeetisch, steckte mir eine Zigarette an und versuchte der Reihe nach, sämtliche »Freundinnen« anzurufen, wobei mir zum erstenmal bewußt wurde, daß die Reihe »sämtlicher Freundinnen« außerordentlich klein ist, selbst dann, wenn ich so Zufallsbekanntschaften wie Anita, die junge Mutter, zu meinen Freundinnen zähle. Aber keine einzige war zu erreichen, mit Ausnahme von Biggi, die mir jedoch mit hastiger Hausfrauenstimme mitteilte, daß sie jetzt nicht telefonieren könne, weil sie mit Tommi, dem Ungeheuer, zum Arzt müsse. Um zehn war ich so ausgehungert nach einem Gespräch, daß ich mich sogar über einen kleinen Plausch mit Änne, Thema: »Essen die Kinder auch genug Gemüse, mir scheint, du ernährst sie zu einseitig!« gefreut hätte.

Um zwölf stocherte ich in meinem lieblos zubereiteten Restefraß herum und stellte Überlegungen darüber an, daß unser Haus für eine zurückgebliebene Hausfrau äußerst unattraktiv ist, da alles auf Familienzusammenkünfte hin geplant wurde und für Alleinherumsitzende viel zu groß geraten ist. Die Kinder haben ihre kleinen intimen Rückzugzimmerchen, und Benno würde den Makel unseres Heims niemals kennenlernen, da er es niemals allein bewohnen wird, es sei denn, daß ich über Nacht stürbe, und selbst dann würde sicher Änne gleich zu ihm eilen und ihm die Einsamkeit ertragen helfen.

Gegen drei klingelte einmal das Telefon, und ich sprang wie elektrisiert auf auf und rannte hin, aber es war nur Georg, die Pickelhaube, der mit hastiger Stimme einen Auftrag für Lil notieren ließ, die für irgendeine Party irgend etwas mitzubringen »ja nicht vergessen solle!«. Ich wollte ein bißchen mit ihm plaudern (tief sinkt man im Leben!), aber er deutete an, daß ihm an einem Gespräch mit mir nicht sonderlich gelegen sei und er überdies zu einer Verabredung müsse. Ich hatte das blödsinnige Gefühl, daß alle um mich herum zu irgendwelchen furchtbar wichtigen Terminen eilten und ich als einzige vollkommen überflüssig und von allen vergessen herumsaß, und stellte Überlegungen an, was eigentlich mit mir los sei, und dann kam ich dahinter.

1. Ich, die ich immer behauptet habe, in meiner eigenen Gegenwart vollkommen glücklich zu sein, mußte zur Kenntnis nehmen, daß meine eigene Gegenwart stinklangweilig und sonst gar nichts ist!

2. Dreitägige Freiheit nach siebzehn Jahren darf nicht zu überraschend kommen! Sie ist vergleichbar mit dreitägiger Freiheit nach siebzehn Jahren Knast und bedarf sorgfältiger Vorbereitung. Man muß den Inhaftierten schonend und liebevoll darauf vorbereiten, ihn mit einem Stadtplan und dem nötigen Kleingeld ausstatten und auf die veränderten Gegebenheiten »in der Welt da draußen« einstellen. Und man muß ihm Gelegenheit geben, seinen alten Kumpanen Mitteilung davon zu machen, daß er von dann bis dann außerhalb seiner angestammten vier Wände zu besichtigen ist und man ihn folglich zu sich einladen kann.

Ach, Paulinchen, wie schön hätte ich Dich besuchen können, und wir hätten unser erträumtes zweiunddreißigstündiges Gespräch gehabt, und niemand hätte uns unterbrochen oder telefonisch dumme Fragen gestellt... wenn mir das bösartige Schicksal nur rechtzeitig genug einen Wink gegeben hätte, daß Großes auf mich zukommt!

Nun, jedenfalls dämmerte mir am Spätnachmittag, daß ich dabei war, eine Gelegenheit, die sich vielleicht nur alle siebzehn Jahre einmal bietet, nutzlos zu verplempern, und ich rannte hinauf, zog mein allerschönstes Kleid an, legte reichlich Rouge aufs Gesicht und ging ins Theater. Es war ein mäßiges Vergnügen, aber ich ließ mich nicht entmutigen, sondern aß anschließend noch im »Clochard« irgend etwas entsetzlich Teures und für die späte Stunde zu schwer Verdauliches, und dann ließ ich mich gegen Mitternacht zu unserer Villa fahren, die mir mit sämtlichen schwarzen ungesicherten Fenstern entgegenblickte, so daß ich unwillkürlich dachte, wer mich wohl, hinter den bodenlangen Vorhängen im Wohnzimmer versteckt, drinnen erwartete.

Ich ging dann gleich ins Bett. Auf meinen tollen Abend weniger beglückt denn trotzig zurückblickend.

Am dritten Tag wachte ich morgens gegen zehn auf, räkelte

mich und döste vor mich hin und fand's plötzlich herrlich, so allein und ungestört aufzuwachen und keinerlei Verpflichtungen zu haben, frühstückte im Bett und blieb bis mittags drin liegen. Ich stand erst gegen zwei Uhr auf und hätte nichts dagegen gehabt, noch wochenlang so vor mich hin zu schlampen und womöglich abends wieder Rouge aufzulegen und ins Theater zu gehen. Und dann klingelte das Telefon, und Biggi war am Apparat und sagte, sie hätte für abends einen Babysitter und ob ich nicht mit ihr in Peters Weinstube gehen könnte. Ich sagte, daß ich das nur zu gern täte, aber gegen fünf käme Benno zurück, und abends würden wir Lil zurückerwarten. »Wenn ich gewußt hätte, daß du drei Tage allein bist, hätte ich den Babysitter für gestern bestellt«, sagte sie. »Schade!« Ja, schade!

Ich las kürzlich ein Buch, das von einem Langzeitinhaftierten handelte, der sich mit seinem Schicksal, auf ewig eingeschlossen zu sein, bereits abgefunden hatte, als eines Tages der Wächter die Tür aufschließt und die knappen Worte spricht: »Schulze, Sie sind entlassen!« Und weißt Du, was der Langzeitinhaftierte daraufhin antwortete? Er hob den Blick und sagte: »Um Gottes willen, warum denn?«

Lil erzählte, das Festival sei toll gewesen, richtig fetzig, noch fetziger fänd' sie allerdings, die Bude hier mal drei Tage ganz für sich zu haben. Das würde sie genießen!!!

O ja! Genußunfähig (geworden?)

Deine Lisbeth

4. Februar

Liebe Paula,
gerade überreichte mir der Kleine ein wunderschönes Bild, das einen etwas windschiefen Schneemann zeigt, mit einem Besen im Arm und einer kecken, etwas windschiefen Mohrrübennase, eine Anregung der nimmermüden Kindergärtnerin, um die Februardepression der lieben Mami ein bißchen aufzuhellen, und ich fiel beinahe in Ohnmacht vor Freude, wie ich das immer tue, um das Selbstbewußtsein meines Kleinen zu stärken! Da hatte ich plötz-

lich das Gefühl, daß er sich insgeheim seit langem darüber wundert, in welche nicht zu beschreibende Ekstase mich jedes seiner Bildchen bringt, die er in fünf Minuten lässig aufs Papier wirft. Ich fürchte, daß er vielleicht später einmal falsche Rückschlüsse aus meinem diesbezüglichen Verhalten zieht und der Meinung ist, jede Frau sei bereits mit Kleinigkeiten dermaßen glücklich zu machen, daß ihr die Tränen über die Wangen laufen. Wahrscheinlich basiert die irrige Annahme von Benno I, daß die obligaten Rosen zu jedem Hochzeitstag schon beinahe mehr sind, als ich verkraften kann, auf ähnlichen Erlebnissen, die er mit Änne hatte, als *er* vier war und Schneemannbilder verteilte. Jedenfalls hatte ich gestern verdammt das Gefühl, daß den Kleinen schon lange die Frage bewegt, wieso meine Begeisterung niemals nachläßt!

Er weilt seit einer Woche wieder unter uns, nachdem er seine Reise mit Änne zu deren Bauernhoffreundin um eine Woche bei Änne privat verlängert hat, da beide feststellen durften, daß sie sich doch eine Menge zu sagen haben. Änne brachte ihn hochzufrieden zurück und sagte, er sei ein wonniges Kerlchen und sehr artig gewesen und ich hätte wirklich Glück mit ihm gehabt, womit sie mich auf feine Art wieder einmal um das bißchen Anerkennung brachte, das für unsereins von Zeit zu Zeit vom Tisch der Reichen fällt: Ich habe ihn nicht etwa gut erzogen, nein, ich habe (obwohl ich es eigentlich nicht verdiene) Glück gehabt. Nun, jedenfalls scheinen Änne und Benno II zarte Bande miteinander geknüpft zu haben, die sich dahingehend bemerkbar machen, daß sie ihr Schätzchen a) von Kopf bis Fuß neu eingekleidet hat und er sich b) seinerseits erkenntlich zeigt, indem er Sätze wie: »Isser denn Ommas droßer Djunge? Isser das?« eindeutig und mit nicht nachlassender Langmut bejaht, ein Zugeständnis, welches sie ihrerseits mit Gummibärchen in endloser Folge belohnt. Noch eine Woche länger, und ich hätte damit rechnen müssen, daß er mir schonungslos mitteilt, er hätte sich nun doch entschlossen, statt meiner Änne zu ehelichen, wenn er groß ist, womit er dann sein eigener Opa würde und ich endlich an einen Schwiegervater käme, der mir, wenn Änne nicht hinguckt, heimlich in den Hintern kneift!

Letzte Woche war hier die Hölle los, meine kleine Privathölle sozusagen, denn der Rest der Familie hat die unschöne Angewohnheit, sich um Probleme aller Art (sofern sie unsere traute Häuslichkeit betreffen) angewidert und mit vorsichtigen Bewegungen herumzudrücken, um Kraft zu haben, sich seinen mannigfaltigen aushäusigen Problemen zu widmen. Zum Beispiel solchen, mit denen sie sich eher identifizieren können als mit einer Tiefkühltruhe, aus der langsam, doch unaufhörlich dunkles, rotes Blut tropft.

Ich hatte schon am Abend zuvor bemerkt, daß etwas nicht stimmte, denn das rote Signallämpchen leuchtete und die Päckchen, die ganz oben lagen, zeigten bereits weiche Stellen. Ich rannte ins Wohnzimmer und brüllte Benno zu, die Kühltruhe sei kaputt, und alles schwimme in Blut, und Koteletts im Werte von tausend Mark seien dabei, sich in Aas zu verwandeln.

Er blickte mich angeekelt an und sagte, daß er leider zur Mitgliederversammlung der Handballer müsse. »Ruf doch den Kundendienst an«, empfahl er mir und hastete zur Tür. Ich rief den Kundendienst an (zu ihren Diensten Tag und Nacht!), und eine monotone Stimme teilte mir mit, der Apparat sei zur Zeit leider nicht besetzt, ich könne aber meine Wünsche und meine Adresse dem Band anvertrauen. »Bitte sprechen Sie – pieps!« Ich sprach nicht, sondern rief Herrn Scheffer an, seit Jahren unser Vertrauensmann in allen Elektrofragen, und seine Frau war am Apparat und sagte, ihr Mann sei nicht da, aber ich könne auch ihr sagen, um was es ginge. Ich sagte ihr unverzüglich, um was es ging, und sie riet mir, die Fleischpakete rauszunehmen, sie in Zeitungspapier zu wickeln und in den Garten zu legen. Bei den niedrigen Temperaturen würden sie die Nacht sicher überdauern, und sie gäbe ihrem Mann Bescheid.

Ich suchte das Haus nach alten Zeitungen ab, aber natürlich war einige Tage zuvor die große Altpapiersammelaktion gelaufen, und das einzige Zeitungsähnliche waren drei Jahrgänge von Lils Schülerzeitung »Die Mistspritze«! Sie waren vollzählig vorhanden, da sie zuweilen Lils unsterbliche Artikel drucken, und da sie nicht anwesend war, nutzte ich die Gelegenheit schamlos aus und wickelte unsere Koteletts hinein.

Was soll ich Dir sagen? Während Benno I im Vereinshaus der Handballidioten die Frage debattierte, ob man nicht die Toiletten der Knaben erneuern solle, und seine ganze Persönlichkeit, seine ganze Energie und seine ganze Kreativität in dieser Debatte einsetzte, während Lil im Jazz-Dance-Center die Frage erörterte, ob man nicht die Parole »Sonne statt Regen« tänzerisch gestalten und zur nächsten Demo wirkungsvoll einsetzen könnte, und ihre ganze Persönlichkeit, ihre ganze Energie und ihre ganze Kreativität in dieser Debatte einsetzte, während der Kleine süß träumte und im Traum noch einmal die Frage durchdachte, ob er denn nun »Ännes süßer Tleiner ist«, verpulverte ich meine ganze Energie und Kreativität, indem ich in »Mistspritze« verpacktes Gefriergut die Kellertreppe hinauf durch Diele und Salon transportierte und schließlich auf der Terrasse ablegte, wohl wissend, daß wir die laueste Februarnacht seit Erfindung der Gefriermaschine hatten. Am nächsten Morgen rief ich den Kundendienst an, und eine Stimme teilte mir mit, der Apparat sei zur Zeit nicht besetzt, aber ich könne mein Anliegen und meine genaue Adresse jetzt gleich auf Band sprechen – pieps! Ich sagte, meine Gefriertruhe sei seit vierzehn Stunden defekt, und die genaue Adresse könnten sie leicht finden, indem sie einfach der breiten Blutspur nachgingen, die inzwischen von unserem Keller direkt bis vor ihr Kundendienstbüro gesickert sei. Pieps!

Ich rief Frau Scheffer an, die sich offensichtlich nicht an meinen Anruf von gestern abend erinnerte, denn sie ließ sich alles noch einmal erklären und sagte dann, ihr Mann sei nicht da, ob sie etwas ausrichten könne. Ich antwortete, sie möchte ihm doch bitte ausrichten, daß meine Kühltruhe ausgefallen sei und Fleisch im Werte von über tausend Mark im Begriff sei, vor meinen Augen zu verwesen. »Oh, das ist unangenehm«, sagte sie und legte auf. Ich tat dasselbe, wobei ich durch das Fenster hindurch sah, daß die mildeste Februarsonne seit Menschengedenken lächelnd meinen geeisten Paketberg beschien.

Mittags stürzte Lil in die Küche und schrie mich an, ob ich eigentlich schon gesehen hätte, daß widerlich stinkende Fleischmassen ihre unsterblichen Artikel in »Mistspritze« mit Blut durchtränkten, und was ich mir eigentlich dabei gedacht hätte, mich einfach an ihrem Eigentum zu vergreifen. Ich rief wieder Frau Scheffer an, und sie sagte, ihr Mann sei gerade aus dem Haus und ob sie etwas bestellen könne. Ich wiederholte mit ersterbender Stimme mein Anliegen, und sie sagte, ach, so etwas sei ihr auch mal passiert, das sei sehr unangenehm, aber sie werde es ihrem Mann sagen. »Wie war doch Ihr Name?«

Als Benno abends nach Hause kam, war ich gerade dabei, die aufgeweichten Fleischstücke zu verbraten. Die Küche glich einer Werkskantine und ich einer Werkskantinenköchin, aber einer, die schon so abgestumpft ist, daß sie gar nicht mehr genau registriert, *was* alles sie verwurstet. Benno lehnte sich an den Küchenschrank und sagte, was ich denn nun mit all den zubereiteten Speisen machen wolle, wo doch die Kühltruhe kaputt sei, und ob es nicht besser gewesen wäre, zunächst mal den Kundendienst oder – besser noch – Herrn Scheffer anzurufen. Da ich keine Antwort gab, sondern gedankenverloren mit dem großen Fleischmesser in meiner Hand jonglierte, verließ er in beschleunigter Gangart meine Küche, und gleich darauf hörte ich ihn mit männlich-knapper Stimme mit Frau Scheffer sprechen. Er teilte ihr mit, daß unsere Kühltruhe defekt sei und ihr Mann jetzt gleich noch vorbeikommen müsse. *Jetzt gleich!!!* Keine Viertelstunde später kam Herr Scheffer, begab sich in den Keller, reparierte den Schaden und sagte, daß es an sich nur eine Kleinigkeit gewesen sei, sich die Kleinigkeit aber unangenehm bemerkbar mache, wenn es sich um Kühltruhen handelt.

»Heute früh haben auch schon zwei Frauen mit dem gleichen Problem angerufen, die ich eigentlich noch besuchen wollte, aber meine Frau hatte den Zettel mit den Adressen verlegt. Ich geh an sich ja auch nur zu Stammkunden«, setzte er vertraulich hinzu.

Als er gegangen war, sagte Benno, er verstünde gar nicht, warum sich bei uns die kleinste Kleinigkeit immer zu einem Affentheater entwickeln würde.

Ich habe vor, Bennos männliches Anordnungsorgan auf Band aufzunehmen, damit es im Falle eines Falles anderen Bändern seine knappen Befehle erteilen kann. »Hugh, ich habe gesprochen... pieps!« Total aufgetaut.

Deine Lisbeth

18. Februar

Liebe Paula,
gratuliere, daß Du das Rauchen aufgegeben hast, noch dazu ohne Therapie und ohne, daß Dich ein pfeifender Dauerhusten dazu zwingt. Deine Bemerkung, daß Du einfach immer weniger fröhliche Mitraucher gefunden und Dich auf Partys neuerdings meist in der Besenkammer oder auf dem Balkon wiedergefunden hast, trifft natürlich ins Schwarze. Um uns Raucher wird's tatsächlich immer einsamer.

Aber hast Du auch den Aspekt beachtet, daß Dein früherer Zigarettenkonsum von zwei Schachteln täglich vielleicht etwas mit der Leere zu tun hatte, die Werner allmorgendlich in Dir zurückließ? Diese Leere kann man mit Zigaretten eben immer noch am billigsten und diskretesten zustopfen. Billiger und diskreter jedenfalls als mit einem Liebhaber.

Ich habe, Deinem guten Beispiel folgend, ebenfalls drei Tage lang nicht geraucht und die angebrochene Packung hinter der Kaffeemaschine versteckt, und ich muß sagen, es ging besser, als ich dachte. Leider fühlte sich Benno I dann am Morgen des vierten Tages verpflichtet, mich in aller Offenheit in die Pläne einzuweihen, die er mit seiner neuen Sekretärin, Fräulein Dunja Dellenbach, hat: Er plant, sie ihrer ungewöhnlich hohen Fähigkeiten in puncto Bürowesen wegen morgen abend zum Essen einzuladen. Während mir Benno I dann in schönster Offenheit die inneren und äußeren Vorzüge Fräulein Dellenbachs schilderte, reduzierte Benno II die meinen, indem er mir seine Schokomilch auf den Morgenrock spuckte. Das war dann der Augenblick, in dem ich den magischen Griff hinter die Kaffeemaschine tat und so tief inhalierte, daß sich die Innenhäute meiner Wangen berührten.

Benno registrierte diesen Rückfall ins Laster mit mileidig-abfälligen Blicken und rief mir im Davoneilen zu, daß wir uns unbedingt einmal »ganz in Ruhe« über das Rauchen unterhalten müßten, und zwar über das Rauchen im allgemeinen und mein Rauchen im besonderen, unter Berücksichtigung der Tatsache, daß ich Lil ein schlechtes Beispiel gebe und die Lungen des Kleinen in geradezu unverantwortlicher Weise schädige! »Und außerdem«, setzte er, die Türklinke bereits in der Hand, fürsorglich hinzu, »muß es ja in diesem Hause zumindest einen geben, der an deine Gesundheit denkt!«

Dann eilte er davon, einem vollklimatisierten Arbeitsplatz entgegen, an dem ihn rauchfreie Luft, gesunde Blattpflanzen und der taufrische Atem Fräulein Dellenbachs erwarteten.

Ich muß Dir gestehen, daß ich müßig an dem nicht abgeräumten Frühstückstisch zurückblieb und die ganze Schachtel auf einmal leerte und die Asche in Bennos Kaffeetasse stippte und den Kleinen brüsk von mir stieß, als er versuchte, sich an dem Revers meines Morgenrockes in die Höhe zu hangeln. Schließlich hatte mir sein Erzeuger soeben zu verstehen gegeben, daß ich kein Umgang für ihn bin.

Als Benno am Abend kam, war ich etwas zittrig, der plötzliche Nikotinstoß hatte mich tatsächlich geschwächt. Benno ließ sich in den Sessel fallen, um über seinen Bierhumpen hinweg die Frage zu erörtern, ob es mir die Gesundheit meiner Lieben nicht wert sei, den Konsum auf »zwei am Abend« zu beschränken. Der Zustand meiner Lungen gebe ihm jedenfalls allmählich Anlaß zu echter Sorge. Ich klammerte mich an den Stengel, so daß meine Fingerspitzen weiß wurden, und schrie, daß er sich niemals Sorgen um meinen seelischen und geistigen Zustand mache, daß ihm der Zustand meiner schwerbelasteten Wirbelsäule und der meiner Gebärmutter scheißegal sei, daß er sogar meine sporadisch auftauchenden Selbstmordabsichten mit männlicher Gelassenheit ertrage und meine Lunge der einzige Körperteil sei, der ihn an mir noch interessiere, aus dem einleuchtenden Grund, weil ihn die Schädigung derselben täglich vier Mark koste!

Ich hielt erschöpft inne, und mein Atem pfiff wie ein Luftballon, aus dem unaufhörlich Luft entweicht.

Benno blieb ganz ruhig und wies mich darauf hin, daß Nikotin nicht nur die Lungen, sondern darüber hinaus auch Herz und Nerven schädige, und wenn es mir auch bis jetzt gelungen sei, den Zustand von Herz und Lunge vor ihm zu verbergen, die Schädigung meiner Nerven würden sie alle täglich zu spüren kriegen. Dann kam er behende auf die Schädigung meiner Umwelt zu sprechen und erwähnte beiläufig, daß ich am Zusammenbruch des gesamten Krankenkassensystems maßgeblich beteiligt sei. Er warf mir eine »einfach unsoziale Denkweise« vor, unter welcher die schwer Arbeitenden und wirklich Kranken dann schließlich zu leiden hätten. Ich lächelte fein und fühlte mich so wichtig wie nie. »Und außerdem«, fügte Benno als letzten Punkt hinzu, »macht Rauchen die Frauen nicht gerade schöner!«

Ich starrte ihn stumm an, und er starrte verbittert zurück. Am nächsten Tag schob er mir einen Artikel zu, dem zu entnehmen war, daß die Hausfrauen diejenigen sind, die am meisten rauchen, am häufigsten dem Kaufzwang erliegen oder sich dem Suff ergeben. Irgendein Psychofritze hatte diese traurige Tatsache auch kommentiert: Es liegt daran, daß die Hausfrau nie mal was entscheiden darf. Sieh mich an! Während Benno I von früh bis spät entscheidet, und zwar im persönlichen sowie im beruflichen Bereich, während Lil sich die Einmischung in ihre Entscheidungsfreiheit energisch verbittet und sogar der Kleine bereits entscheidet, ob er mich zum Beispiel heute mal fünf Minuten auf dem Sofa liegen läßt, ohne zu versuchen, mir die Augäpfel ins Gehirn zu bohren, darf ich die Entscheidungen meiner Lieben immer bloß zur Kenntnis nehmen.

Was Wunder, wenn ich wenigstens ganz allein entscheiden will, ob und in welchem Ausmaß ich meine Lungen verpeste, und mir der Gedanke, heimlich und sozusagen aus meiner Küche heraus den Zusammenbruch des Krankenkassensystems voranzutreiben, ein tückisches Lachen entlockt? Nicht gewillt, die Sorge um meine Gesundheit allein zu tragen, gab Benno sie an Änne weiter, die nach Sorgen aller Art, verbunden mit der Möglichkeit, »kein Auge mehr zuzutun«, mit einer Gier schnappt, die eindeutiges Suchtverhalten verrät. Sie stellte mir die Frage, ob ich mir schon mal vorgestellt hätte, daß jeder Zug mein Leben um eine Minute verkürze. Ich stellte es mir vor, aber ich bin schon zu abgestumpft, als daß die Gewißheit, mein Leben im Zeitraffer vorübereilen zu sehen, etwas anderes bewirkt als den Wunsch, die mir noch verbleibenden Jahre wenigstens mit der Zigarette in der Hand hinter mich zu bringen. »Weißt du was«, beendete sie ihren längeren Vortrag zum Thema in jenem munteren Ton, in dem sie gewöhnlich den Kleinen anfeuert, jetzt mal sein Zimmer ganz schön aufzuräumen, »gib es doch einfach auf!«

Ich versuchte, ihr auseinanderzusetzen, daß mein Verhalten ja einen psychologischen Hintergrund hätte, erklärte ihr die Sache mit der Ersatzbefriedigung und der Entscheidungslust und schilderte die innere Leere, die manche eben irgendwie ausfüllen müssen, und sie glotzte mich an wie die Milka-Kuh. Änne sind psychologische Zusammenhänge ebenso unverständlich wie mir die Zusammenhänge des Börsenkrachs.

Sie sagte, dieser ganze Psychokram, mit dem die jüngere Generation ihr schlechtes Benehmen entschuldigen wolle, gehe ihr schon lange auf die Nerven. Sie finde Rauchen einfach ungesund.

Ich sagte mit Engelsgeduld (die ich aus der zwanzigsten Zigarette zog), daß zwischen ihrer Verweigerung, psychologische Erkenntnisse (zum Beispiel in Erziehungsfragen) anzuerkennen, und meinem heutigen Nikotinkonsum ein direkter Zusammenhang bestehe, und sie schaufelte sich das vierte Erdbeertörtchen auf den Teller und sagte: »Nein, ich finde es einfach ungesund!«

»Du wirst es schon noch merken«, setzte sie zufrieden hinzu, »daß die Antiraucherfront immer stärker wird. Nicht mehr lange, und du kannst nur noch mutterseelenallein in deinem Kämmerchen sitzen und die Luft verpesten – weil (mit belegtem Ich-schlafe-keine-Nacht-mehr-Stimmchen) der arme Kleine sich ja nicht wehren kann!« (und der arme Benno sich ja einfach *alles* bieten läßt.)

Du siehst, liebe Freundin, was Du mit Deinem letzten Brief angerichtet hast: Ich sehe nicht nur einem frühen Ende entgegen, ich werde ihm darüber hinaus auch noch vollkommen allein und von allen verlassen entgegensehen. Und neuerdings *weiß* ich es!

Wahrscheinlich werde ich gezwungen sein, eine Annonce aufzugeben, wenn es erst soweit ist: Raucher sucht Raucher!

Mich mit nikotinverfärbten Fingern an »das Letzte, das mir geblieben ist«, klammernd, absolut unbefriedigt,

Deine Lisbeth

PS: Änne verabschiedete sich mit der düsteren Prognose, daß ich mich sicher schon bald in den Tod geraucht hätte. Schon möglich, bloß ist es eigentlich das Leben *davor*, das mich interessiert!!!

Aschermittwoch

Liebe Paula,
der Kleine hatte Keuchhusten, von oben guckten mir zwei Handwerker durchs Dach, direkt in meinen unerfreulichen Haushalt hinein, die Waschmaschine machte wieder mal auf hysterisch, und zehn Kilo Dreckwäsche, die der Kleine vollgehustet hat, versperrten mir den Eingang zum Badezimmer... und genau in diese Szene aus einem sozialkritischen Film platzte dann Tantchen mitsamt ihrem Elektrogrill, den sie sich in einem ihrer Kaufrauschanfälle zugelegt hat und nun nicht brauchen kann, weil ihr die Säuberung desselben zu umständlich ist. Und bei uns kann er doch gute Dienste tun, weil es da jemanden gibt, dem die Säuberung *jeglichen* Dings niemals zu umständlich ist...

Während der Taxifahrer den Riesenapparat in die Küche trug und angewidert zwischen schwankenden Geschirrbergen und dem verkrusteten Kuchenblech abstellte, packte Tantchen bereits in rasender Eile weitere Mitbringsel, sprich Eintrittskarten für längeres Verweilen aus. Sie zerrte einen ekelhaften kleinen Plastikmann aus der Tasche, mit dem sie Benno II erfreuen und von seiner Krankheit abzulenken trachtete. Angeblich ist es der Bi-Ba-Butzemann, obwohl er große Ähnlichkeit mit Terror, dem Supermonster, besitzt und mit der Fähigkeit begnadet ist, einem in rasenden Kreisen zwischen die Beine zu surren, wobei er hysterisch mit den Gliedern rasselt. Nachdem Tantchen noch etwa fünf Kilo Bonbons über den Kleinen ergossen und mit verschmitztem Lächeln eine Flasche Edelkirsch in Bennos Fernsehecke deponiert hatte, bedurfte es zu längerem Verweilen keiner besonderen Einladung mehr.

Unverzüglich und platzend vor Energie begann sie sodann mit dem Besuch, will sagen, sie nahm meine Verfolgung auf. Sie verfolgte mich in den Keller, hinauf in die Schlafzimmer und wieder hinunter in die Küche, sorgsam bedacht, daß die Distanz zwischen ihren Schuhspitzen und meinen Hacken niemals mehr als einen halben Zentimeter betrug! Während ich über Wäscheberge steigend übrlegte, ob ich die Dachdecker auch zum Mittagessen einladen müsse und womit ich ihre leeren Mägen füllen könnte, ob der Kundendienst vereinbarungsgemäß kommen werde und was ich tun sollte, wenn er nicht käme, ob kleine Kinder heutzutage noch ebensooft an Keuchhusten sterben wie früher, und mir Benno I durch den Kopf schoß, der sicher gerade in diesem Augenblick einem taufrischen Fräulein Dellenberg interessante Briefe diktierte, quatschte Tantchen mich unverdrossen mit ihren Gesundheits- und Unfallverhütungstips voll. Und während ich den Spülberg in Agriff nahm, postierte sie sich, ein Trockentuch müßig in der Hand, exakt zwischen Spülbecken und Abtropfbrett und durchleuchtete das Problem, ob emaillierte Herdabdeckplatten nicht doch hygienischer sind.

Schließlich kam die übliche Frage nach dem Wohlergehen ihrer Lieben, das heißt nach dem Wohlergehen sämtlicher Geschenke, die sie im Laufe von achtzehn Jahren in unser Heim getragen hat. Da Benno I die Frage, ob wir was auch immer gebrauchen können, stets eifrig bejaht, kam ich mit der Zeit zu etlichen kleinen und großen Helfern für den Haushalt und zu all den nützlichen Gegenständen, die Tantchen sich auf ihren Kaffeefahrten andrehen läßt, wie zum Beispiel den schafwollenen Kniewärmer, die beiden pinkfarbenen Fußwannen und den Perserteppich als Unterlage für das Telefon.

Mit warmer Anteilnahme erkundigte sie sich nun, ob es der Eierkocher »noch tut« (seine empfindliche Eierkocherseele schien ihr wohl angesichts des herrschenden Chaos gefährdet) sowie die Warmhalteplatte und das Reisebügeleisen. Anschließend beschäftigte sie der Gesundheitszustand der Patentwäscheleine und die Vollzähligkeit der sechs Puddingschalen, welche sie anläßlich Lils zehntem Geburtstag in meinen Haushalt einführte.

Glaub mir, Paula, diese Frau fragt nach dem Wohlergehen von Gegenständen mit derselben Anteilnnahme und Sorge wie nach dem Wohlergehen ihrer Verwandten. Sie würde sich kaum wundern, dann und wann Briefe folgenden Inhalts zu bekommen: »Gruß vom gelb-rot-gestreiften Badehandtuch. Ich zittere vor Sehnsucht nach Dir und wollte fragen, wann Du wieder einmal kommst! PS: Lisbeth spült mich nie weich!«

»Tantchen«, sagte ich, »möchtest du dich nicht ein wenig ins Wohnzimmer setzen und ausruhen, bis ich mit der Küche fertig bin?« Durch meinen drohenden Unterton leicht eingeschüchtert, ließ sie sich widerwillig abführen und auf das Sofa betten – zwei Minuten später tauchte sie am Telefon auf, um mit bebenden Nüstern und vor Sensationslust zitternd an dem Gespräch teilzunehmen, das ich mit dem Kinderarzt führte.

»Was mir da eben eingefallen ist«, sagte sie, während ich, den Rest meines Verstandes zusammenraffend, bemüht war, die Anordungen des Arztes wenigstens teilweise zu notieren, »die wollenen Kniewärmer, die ich euch neulich mitgebracht habe, wäschst du lieber nicht in der Waschmaschine. Besser im Handwaschbekken, mit einem Tropfen Haarwaschmittel...« und folgte mir, wie durch einen Magneten mit mir verbunden, in die Küche, um ihren Stammplatz vor dem Kühlschrank einzunehmen.

Machte es die tapferen Frauen von früher eigentlich auch so rasend, wenn sie in einer verklebten Küche standen, Reibepfannkuchenteig in siedendes Fett warfen und ihnen jemand Waschanleitungen ins Hirn hämmerte, derweil ein röchelndes Kind an ihrer Wade hing und ein im Kreis herumrasender Bi-Ba-Butzemann die Bewegungsfreiheit zusätzlich einengte? Oder durchstanden sie Situationen wie diese gelassen, weil sie im Gegensatz zu den verwöhnten Weibern von heute gar nichts anderes kannten?

Als ich später die Gardinen abnahm, stand Tantchen am Fuße der Leiter, machte mich geduldig auf die mangelnde Standfestigkeit derselben aufmerksam und ließ sich darüber aus, daß man die alten Leute heutzutage immer von allem ausschließen will. Früher, meinte sie wehmütig, hätte man sie vom vierzigsten Lebensjahr an im Korbstuhl am Fenster sitzen und dem Familienleben und dem Treiben auf der Straße zusehen lassen.

Ja eben, *sitzen!!!*

Ich hätte ja nichts dagegen, Tante im Wohnzimmer sitzen zu lassen, ich würde ihr sogar einen Erker in die Wand brechen und eine Straße durch unseren Vorgarten legen lassen, wenn sie mir in die Hand verspräche, daß sie dann auch mindestens zwanzig Minuten dort hocken bliebe. Ich habe nämlich bereits jemanden, der mir den ganzen Tag über nachrennt und meine Gedankengänge durch die seinen penetrant und nachhaltig unterbricht.

Und ich habe bereits jemanden, der mir bei einem plötzlichen Stopp vor irgendeinem Haushaltsgerät direkt auf den Hacken steht und der, wenn ich mich plötzlich umdrehe, umfällt. Weit davon entfernt, mir zum Beispiel für fünf Minuten den Kleinen vom Hals zu halten und irgend etwas beizusteuern, das über die Reinigungstips von Klosettschüsseln hinausgeht, rannte mir nun während der gesamten Dauer ihres Aufenthaltes Tantchen nach, und der Kleine rannte mir auch nach, und der Bi-Ba-Butzemann verfolgte uns seinerseits, eine fröhliche Prozession, bei der ich den Bi-Ba-Butzemann glühend beneidete, da es ihm vergönnt war, von Zeit zu Zeit rasselnd auf den Rücken zu fallen und für segensreiche Minuten sein Leben auszuhauchen.

Sie ist vor zwei Stunden abgefahren, nicht ohne mich beim Abschied ernst anzusehen und mir mitzuteilen, sie wisse ja, daß es sie nichts anginge, und sie wolle mir ja um Himmels willen nicht zu nahe treten, aber sie habe festgestellt, daß sich der Kleine bei *jedem* ihrer Besuche auffallend nervös und quengelig verhalte, und das trotz ihrer Gegenwart, des Bi-Ba-Butzemann-Mitbringsels und der vielen Bonbons, die sie ihm geduldig in den Schlund gestopft hatte.

Als das Taxi abgefahren war, drückte ich den Kleinen an mich, und wir gingen in die Küche, wo ich für uns beide Beruhigungstee kochte, aber der Kleine war schon vor Erschöpfung vom Stuhl gefallen, noch ehe der Tee fertig war. Ich bettete ihn neben das Monster ins Bettchen und betrachtete ihn verliebt. Es war so beruhigend zu wissen, daß er allein mir morgen nachlaufen und mir auf den Hacken stehen wird und seine Gedanken sich nicht um das neuartige Mittel zum Schwärzen von Elektroplatten drehen werden.

Im Generationskonflikt

Deine Lisbeth

PS: Ich ließ Tantchen gegenüber gelegentliche Unmutsspritzen los, die ich einfach nicht länger zurückhalten konnte. Sie sah mich mit bebender Unterlippe an und wies mich darauf hin, daß ich auch einmal alt werde.

Aber verdammt noch mal, ich *bin* alt. Die rockzerrende Allgegenwärtigkeit des Kleinen verhindert permanent, daß dies anerkannt wird. Man scheint in mir eine etwas aus der Mode gekommene ewig Zwanzigjährige zu sehen, deren auffälligstes Merkmal es ist, daß ihre Nerven trotz ihrer Jugend schwer beschädigt sind. Und das, obwohl sie doch weder den Ersten noch den Zweiten Weltkrieg zu überstehen hatte.

Die jungen Frauen heutzutage, ließ Tantchen durchblicken, seien überhaupt nicht mehr belastbar. Sie scheinen sich dem Zeitalter der Ex-und-hopp-Artikel angepaßt zu haben, das heißt, daß man sie bereits nach einmaligem Gebrauch mit spitzen Fingern greifen und wegwerfen sollte. »Hausfrauen im Zwölferpack... Mengenrabatt! Umweltfreundlich vernichtbar!«

Sage einer, es gäbe keine Marktnischen mehr.

Frühlingsanfang!

Liebe Paula,
manchmal stelle ich mir vor, wie Du von einer Deiner Aktivitäten zurückkehrst, etwas erschöpft den Fahrstuhl besteigst und dann Deiner Oase im vierten Stock entgegenliftest, in dem schönen Gefühl, daß Dich niemand erwartet und Du Dich in genau der Stellung entspannen kannst, nach der Dich im Augenblick am meisten gelüstet: liegend, sitzend, hin- und herlaufend, lesend oder meinetwegen auch auf dem Kopf stehend. Auf jeden Fall wird Dich niemand zwingen, zu *seiner* Entspannung mit irgendwelchen widerlichen Tätigkeiten beizutragen... Du magst vielleicht seit einem Jahr nicht mehr im »Vierjahreszeiten« getafelt haben und während Deiner Ruhepause eine Bluse tragen, die acht Jahre alt ist, aber in Deiner Seele muß ein unendlicher Friede herrschen!!! Du glaubst nicht, wie ich Dich beneide.

Soeben ist Lil vorbeigetänzelt, um in meinem besten Seidenrock an einer Demo teilzunehmen, in der sie sich für die vereinsamten Alten in dieser Welt einsetzen.

Ich schrie ihr nach, daß sie besser daran täte, sich um die Vereinsamten in ihrer unmittelbaren Nähe zu kümmern, womit ich zum Beispiel Tantchen und Änne meinte, die, wenn sie sich nicht gerade auf einer ihrer Kaffeefahrten oder auf Mallorca befinden, auf der Stelle vereinsamen, was automatisch dazu führt, daß sie aus Sorge um unser Wohl »kein Auge mehr zutun«. Lil sah mich mühsam beherrscht an und sagte: »Solche Alten meinen wir natürlich nicht!«

»Und welche dann, bitte?« fragte ich sie.

»Nun, mehr so farbige«, sagte sie. »Solche aus Afrika zum Beispiel!«

»Die sitzen umringt von Kindern und Enkeln, und es wird ihnen schnurzegal sein, daß irgendwo in Gütersloh wildgewordene Altpunks Plakate für sie schwenken«, rief ich ihr nach.

Bitte, halte mich nicht für völlig verroht, aber Tantchens Besuch hat mich über Gebühr strapaziert, zumal sie gleich am Tag nach ihrer Abfahrt anrief, um mir mitzuteilen, daß sie aus Sorge über den Gesundheitszustand des Kleinen keine Stunde schlafe und ich ihr nicht abschlagen könne, in der nächsten Woche vorbeizukommen, um sich mit eigenen Augen davon zu überzeugen, daß er noch lebe. Ich weiß noch nicht, wie ich ihn präpariere, damit sein Zustand nicht erneuten Anlaß zur Sorge gibt.

Zwei Tage nach ihrer Abreise war endlich das Dach repariert, der Kundendienst hatte mir die Nachricht verpaßt, daß die Waschmaschine, diese kleine Helferin im Haushalt, allenfalls noch wenige Wochen funktioniert und dann durch eine neue ersetzt werden muß, ich kam endlich dazu, die Wäscheberge in Angriff zu nehmen, die inzwischen bis in den Flur vorgedrungen waren, und das Haus zu putzen, und lag gerade fünf Minuten auf dem Sofa, als Änne hereinschneite. Ihrem blitzenden Kontrollblick war unschwer zu entnehmen, daß sie den heißen Tip von Tantchen hatte, doch einmal unangemeldet vorbeizukommen, um festzustellen, wie es bei uns *wirklich* aussieht!

Sie registrierte die appetitliche Sauberkeit des Hauses mit keinem Blick, sondern heftete ihr Auge auf meine alten Cordhosen und den Flusenpulli, den Lil sich zu klein gewaschen hat und den ich nun im Haus auftragen darf, und es nützte gar nichts, daß ich, als sie von dem Kleinen direkt an mein Ruhelager geführt wurde, mit wehem Laut der Reue zwei Meter hochsprang, in die Küche flog, Kaffee aufsetzte und im Vorbeifliegen noch zwei

Flusen vom Teppich aufhob. Anstatt mich dieser akrobatischen Glanzleistung wegen zu bewundern, sah sie mich traurig an und sagte, wie unendlich bedauerlich es sei, daß die »jungen« Frauen heutztage ihr Äußeres immer mehr vernachlässigten. (Sie hält diese Vernachlässigung der äußeren Erscheinung für die eigentliche Ursache von Scheidungen.) Für sie, Änne, sei es zum Beispiel einfach eine *Selbstverständlichkeit* gewesen, nach dem Mittagessen ein hübsches Nachmittagskleid anzuziehen und ihren Gatten dann in dem hübschen Nachmittagskleid zu empfangen.

»So ein Mann hat einfach ein Anrecht darauf«, fügte sie hinzu. Ich fragte spitz, wie denn das Nachmittagskleid das klebrige Herumzerren Klein-Bennos bis abends überstanden habe und ob sie tatsächlich den halben Tag lang mit gefalteten Händen auf einem Stuhl sitzend auf das Nachhausekommen ihres Mannes gewartet habe, Klein-Benno mit stählernem Blick von Mutterbrust und Rockfalten fernhaltend. Wie üblich ging sie auf meine unqualifizierten Einwände nicht ein, sondern bemerkte lediglich, daß es einfach gerade für die Hausfrau außerordentlich wichtig sei, nicht im Haushalt unterzugehen und auf die gefährliche »Es-sieht-mich-ja-doch-keiner-Ebene« abzurutschen. »Aber außer den unter Sechsjährigen und der Abfalltüte sieht dich doch tatsächlich keiner, oder?« fragte ich, und sie glotzte mich an und sagte: »Das ist egal!«

Ehe sie sich verabschiedete, warf sie noch einen traurigen Blick auf die rote Kinderspange, mit der ich mir das Haar aus dem Gesicht gewürgt hatte, eine Spange, die ich vor zehn Jahren für Lil gekauft hatte und gestern unvermutet hinter der Waschmaschine wiederfand. Sie reichte mir die Hand und bemerkte unheilverkündend, daß sie (Änne) sich jedenfalls nicht wundere, wenn der Mann (Benno I) irgendwann des Abends vor dem Einschlafen plötzlich das Bild seiner Sekretärin vor seinem inneren Auge hätte, um das der Schlampe zu verdrängen, mit der er dummerweise verheiratet ist und die ihn gewöhnlich in einem Sack empfängt, den sie sich aus ihren ausrangierten Spüllappen zusammengeschustert hat.

»Gib mir den Job in Bennos Büro, und ich werde von ›Alinca,

unserem Titelmädchen‹, kaum zu unterscheiden sein«, rief ich ihr nach, lachte sehr künstlich und schloß die Tür.

Ein ausgiebiger Blick in den Spiegel hatte zur Folge, daß ich dem Aspekt, wen oder was Benno abends vor seinem inneren Auge hat, endlich die notwendige Beachtung schenkte. Aber dann war ich doch zu erschöpft, mich kurz vor dem Abendessen noch in ein Nachmittagskleid zu werfen – unter Berücksichtigung der traurigen Tatsache, daß ich gar kein Nachmittagskleid besitze –, und streifte bloß die alten Hauslatschen ab, um sie durch meine hochhackigen Pumps zu ersetzen. Während Benno I auf das Abendbrot wartete, klapperte ich nervös und schick mit den hohen Absätzen auf den Küchenfliesen herum, aber anstatt mit wollüstigen Gedanken in die Küche zu stürzen und mich über den Kühlschrank zu werfen, rief Benno bloß grämlich aus seiner Sofaecke, ich solle dem Kleinen verbieten, die teuren Kacheln in der Küche kaputtzuhauen.

Ich habe lange nichts von Dir gehört, meine liebe Paula, was darauf schließen läßt, daß Du entweder ungewöhnlich beschäftigt oder ungewöhnlich glücklich bist. Ich will nicht hoffen, daß der smarte Typ in dem Tigerslip plötzlich aufgetaucht ist und ihr beide dabei seid, Werners Geld zu verbraten. Sollte er jedoch unerwarteterweise tatsächlich plötzlich aus dem Porsche oder dem Märchenbuch gestiegen und direkt vor Deinen Füßen gelandet sein, dann halte dies vorerst noch von mir fern. Ich bin zur Zeit nicht stabil genug, um so viel Glück bei anderen mit Anstand ertragen zu können. Meine Segenswünsche könnten ein wenig verkniffen ausfallen. Lil fragte mich gestern, als ich beim Anblick von dreiundzwanzig Unterhosen, die ein einzelner Sokken marzipanrosa gefärbt hatte, ganz plötzlich und zu meiner eigenen Verblüffung heulte, ob ich eigentlich schon in den Wechseljahren sei. Auf meinen tränenverschmierten, doch vernichtenden Blick hin sagte sie, nun ja, starke Raucherinnen kämen früher rein. »Töchter von starken Raucherinnen auch«, rief ich ihr nach und verbat mir weitere Fragen nach dem Zustand meines Unterleibes.

Wie sieht's, was diesen Punkt angeht, bei Dir aus? Schon was bemerkt? Anfälle von leichtem Wahnsinn, plötzlicher grundloser Haß auf Familienangehörige und Tränenströme beim Anblick marzipanrosa verfärbter Unterhosen sind die ersten Anzeichen.

In freudiger Erwartung weiterer Symptome.

Deine Lisbeth

PS: Änne, eine unerschöpfliche Ratgeberin in Sachen »So halte ich meinen Mann«, gab mir den Tip, daß es zur Erhaltung der Liebe des Gatten förderlich sei, ihn nicht immer in derselben Situation zu empfangen, also nicht sechsundreißig Jahre lang in demsselben Sessel sitzend oder die fünfhunderttausendste Kartoffel schälend. Ich ziehe in Erwägung, mich zur Abwechslung einmal, angetan mit der Indianerausrüstung des Kleinen, im Schneidersitz auf den Kühlschrank zu setzen und ihm durch den Rauch meiner Friedenspfeife hindurch »erotisch« zuzuzwinkern. Bleibt nur zu befürchten, daß ihm seine Mutter sein für diese Späße zuständiges Kinder-Ich dem Nachmittagskleid zuliebe wegerzogen hat. Oder kannst Du Dir vorstellen, daß Benno I *jemals* ein Kind war???

PS 2: Heute ist der Frühling gekommen. Seit Tagen spürte ich sein Nahen in meinem Blut – ja, ich fühlte sogar sein blaues Band... Leider hat es sich nicht um mein Herz, sondern bloß um meine Kehle geschlungen.

1. April

Liebe Paula,
gestern versenkte Benno seinen Zeigefinger in der Erde des fleißigen Lieschens, warf mir einen beleidigten Blick zu und sagte: »Staubtrocken!«

»Na und?« fragte ich.

»Nun«, sagte er mit jener väterlichen Milde, mit der er anzudeuten pflegt, daß er mir einfach *alles* verzeiht, »ich denke, du könntest es von Zeit zu Zeit gießen!«

Natürlich könnte ich das fleißige Lieschen von Zeit zu Zeit

gießen, so wie ich die Griffschrauben meiner Töpfe polieren und endlich einmal nachmessen könnte, wie lang meine Wäscheleine ist. Die Frage ist nur: *Wozu???* Es ist ebenso bekannt wie entmutigend, daß man in einem Haushalt immer auf das eine Ding stößt, das nicht gemacht ist, jedoch an den zehntausend gemachten mit dreckverkrusteten Stiefeln vorbeitrampelt...

Montag beschloß die Waschmaschine nach mehreren halbherzig durchgeführten Versuchen, endgültig ihre niedrige Arbeit im Dienstleistungsgewerbe niederzulegen, will sagen, sie emanzipierte sich.

Ich rief Herrn Scheffer an, der sie wieder zur Vernunft bringen sollte. Er kam tatsächlich sofort, warf sich vor ihre Füße, kitzelte sie von unten und sprach beruhigend auf sie ein, aber trotzig auf ihrem Widerstand beharrend, ging sie auf seine männlich-trivialen Annäherungsversuche nicht ein.

Schließlich gaben wir entmutigt auf, und sie ließ sich, kleine Gluckser des Triumphes von sich gebend, von Benno abkarren, wie alle frisch Emanzipierten tapfer und entschlossen einer ungewissen Zukunft ins Auge blickend.

Gratuliere, daß Dein Söhnchen schon so viele Abipunkte gesammelt hat. Ist es möglich, daß Deinem Brief eine Spur von Verwunderung plus Wehmut beigemischt war? Könnte es sein, daß sich Dein Unterbewußtsein an der Tatsache scheuert, daß er es »ganz allein« schafft, ohne daß sein lieb Mütterlein ihm ablenkende Besuche fernhält und seine Leistungen mit Vitaminhäppchen unterstützt, und daß Du Dich später niemals wie Änne in die Brust werfen und glaubhaft versichern kannst, daß seine Leistungen allein Dein Werk seien?

Oder wirst Du, falls Du die Idee mit dem Fachabitur realisieren solltest, mit Deinem Sohn fachsimpeln?

Ich dachte bisher, der hier und da aufglimmende Bildungseifer von »uns Älteren« würde die Generationen endlich wieder einen, aber dies scheint nicht unbedingt der Fall zu sein.

Gestern war Brilli hier und ließ wie nebenbei fallen, daß ihre Mutter beschlossen habe zu studieren. Ich dachte an Lils Worte, die mir tags zuvor (nach einer Stunde mit Änne in Reinkultur) verpaßt hatte, daß die stündlich fortschreitende Verblödung der

Alten die eigentliche Ursache für jeglichen Generationskonflikt sei. Sie entwickeln sich nämlich einfach nicht weiter, wollen aber überall mitreden.

Ich fragte Brilli, ob sie es denn nicht einfach großartig finde, daß ihre Mutter die Gefahr der Entfremdung zwischen sich und ihren hochgebildeten Kindern erkannt und sich zum Studium entschlossen habe, demzufolge sie sich eines Tages womöglich gar bis in die geistige Nähe Brillies weiterentwickelt haben könnte, und Brilli sah mich unter ihren blauumschatteten Lidern müde an und sagte: »Ach, ich bin froh, daß sie überhaupt was hat«, womit sie andeutete, daß es ihr scheißegal ist, womit die arme Frau ihre Stunden füllt, sofern sie nur nicht auf den verwegenen Gedanken kommt, Brillis Leben oder gar ihre Gedankengänge zu stören. Mama Brilli müht sich also vollkommen umsonst ab, denn so wie es aussieht, hat Brilli nicht vor, des Abends mit ihr auf dem Sofa zu sitzen und den Zarathustra oder wenigstes die Forsterschen Reaktanzsätze zu diskutieren.

Was sagst Du dazu, daß unsere Freundin Irma einen Herrn Flatz geehelicht hat, noch dazu an demselben Tag, an dem sie vor drei Jahren von Herrn Wollmann geschieden wurde? Der Club war sehr verbittert, daß sie uns nicht zu einem kleinen Empfang gebeten hatte, um uns Gelegenheit zu geben, Herrn Flatz in Augenschein zu nehmen und ihm von den Vorzügen Herrn Wollmanns zu berichten, den »wir ja schließlich alle gut gekannt« haben.

Irma schickte uns lediglich eine gedruckte Karte mit den originellen Worten: »Wir haben geheiratet« und der darunter gekritzelten Mitteilung, daß sie und Herr Flatz bereits »jetzt in dieser Minute« unterwegs nach Griechenland seien. Sie müssen die Karten, sich bereits auf der Flucht befindlich, in fliegender Hast in einen am Straßenrand stehenden Postkasten geworfen haben.

Ich erzählte Änne davon, die abends anrief, um sich zu erkundigen, ob der Kleine auch brav den Möhrensaft tränke, den sie ihm mitgebracht hatte, und sie nahm die Neuigkeit zur Kenntnis und zischte ob der darin verborgenen Frivolität durch die Zähne: »Nun, vielleicht braucht Irma es noch!«

Ich fragte scheinheilig, was sie mit »es« meinte, und sie sagte, ich wisse schon...

Paula, ich glaube, Änne denkt, Ehe hat was mit Sex zu tun!!! Was diesen Punkt angeht (ich muß zugeben, ich war ziemlich erschrocken), muß ich Lil recht geben, was die mangelnde Weiterentwicklung der Älteren und den damit verbundenen Generationskonflikt angeht.

Bisher ist es mir gelungen, Georg, die Pickelhaube, vor Ännes wachsamen Brillenaugen zu verstecken, aber wie lange noch?

Zwei Tage später
Komme gerade vom Stadtbummel zurück, zu dem ich mich selbst so quasi überredet habe, weil der Kleine heute nachmittag auf einer Kindergartenparty war und ich mich verpflichtet fühlte, die seltene Gelegenheit zu nutzen, mit zwei freien Händen durch Kaufhäuser laufen zu dürfen. Ich hatte vier Stunden für mich, und ich verbrachte sie damit, wie ein aufgescheuchtes Huhn und in gelinder Panik durch die einzelnen Abteilungen zu jagen und mit meinen beiden freien Händen Gegenstände von Wühltischen zu nehmen, sie anzuschauen und wieder zurückzulegen. Schließlich verirrte ich mich auf der Suche nach dem Fahrstuhl im Parkhaus und erstand voller Verzweiflung ein Paar Gummistiefel, die aber weder Benno I noch Benno II passen.

Und dauernd ertappte ich mich dabei, wie ich zwanghaft auf die Uhr sah, in der Hoffnung, daß es Zeit sei, nach Hause zu fahren und den Kleinen vom Hort zu holen.

Ich habe dieses befremdliche Gefühl schon seit längerem an mir beobachtet: Ich weiß mit der Freiheit nichts Rechtes mehr anzufangen. Eine Stunde »in der Welt da draußen«, und ich jage zurück, um nachzusehen, ob die Butter im Kühlschrank steht.

Schließlich war ich dreißig Minuten zu früh im Hort und lehnte mich im Flur gegen die Fensterbank, vertieft in den Anblick von 32 kleinen Friesennerzen an 32 bunten Plastikhaken, derweil ich durch die geschlossene Tür hindurch dem fröhlichen Partylärm von 32 kleinen Buben und Mädchen zuhören durfte. Kurz darauf erschien eine weitere »junge« Mutti, die den Nachmittag genutzt hatte, in Ruhe zum Friseur zu gehen, und es auch nicht lohnend fand, die halbe Stunde Freiheit, die ihr noch blieb, zu Hause auf dem Stuhl sitzend zu verbringen. Wir lehnten uns gegen die Wand und starrten die Kindergartentür an, derweil wir uns über die Vorteile von Biberbettüchern unterhielten.

Paula, ich habe verdammt das Gefühl, daß irgend etwas nicht näher Bestimmbares mit mir los ist und die ganze Familie es bereits seit einiger Zeit weiß, aber sie haben wohl beschlossen, sich vorerst nichts anmerken zu lassen. Sogar Benno II wirft mir des öfteren merkwürdige Blicke zu, denen zu entnehmen ist, daß er an mir zweifelt. Er hat sich in letzter Zeit auffallend eng an Änne angeschlossen, und ich habe den Verdacht, daß sich anläßlich ihrer Reise auf den Bauernhof Dinge ereignet haben, von denen ich keine Ahnung habe. Sie scheinen sich da gegenseitig einiges versprochen zu haben!

Im Augenblick sitzen sie einträchtig auf dem Sofa und sehen sich »Heidi« im Fernsehen an. Offensichtlich planen sie bereits eine gemeinsame Zukunft, von der ich ausgeschlossen bin.

Sie sind ein schönes Paar, doch!

Die heimlich Verlobten lassen grüßen,

Lisbeth

PS: Gestern ertappte ich mich dabei, wie ich geschlagene fünfzehn Minuten auf der Kellertreppe saß, wie gebannt auf das Bullauge der neuen Waschmaschine starrte und dem Spülprogramm zusah. Und das Gespenstischste ist: Ich fühlte mich ausgesprochen wohl dabei!

8. April

Liebe Paula,
natürlich lebt Benno I noch!

Wenn ich ihn in der letzten Zeit »auffallend selten« erwähnt habe, so liegt es nicht daran, daß er, in welcher Form auch immer, »von uns gegangen« ist, sondern ist auf die Tatsache zurückzuführen, daß ich ihn wesentlich seltener sehe als zum Beispiel Änne und den Kleinen. Selbst Lils Schatten huscht öfter an mir vorbei als der unseres Haushaltungsvorstandes. Gestern fragte ich mich allen Ernstes, ob es eigentlich wirklich unbedingt notwendig ist, einen wildfremden Menschen mit einem eigenen Schlüssel zu meinem Heim auszustatten, und aus welchem unerfindlichen Grunde wir uns seit Jahren duzen... Soeben ist er zu einem kleinen Entspannungs-, sprich: Skiurlaub aufgebrochen, und mich bewegt seitdem die Frage, mit wem. Würdest Du so freundlich sein, in seinem Büro anzurufen und nachzufragen, ob ein Fräulein Dunja Dellenbach zu sprechen ist? Und würdest Du mir im Falle eines Falles schonungslos und sofort mitteilen, daß Fräulein Dunja Dellenbach zur Zeit nicht zu sprechen ist, weil sie in einen kleinen Skiurlaub gefahren ist? Ich würde selbst anrufen, aber die Trine von der Zentrale kennt meine Stimme. Sag, würdest Du Deiner Schwester diesen kleinen Freundschaftsdienst erweisen?

Dienstagabend
Mußte leider unterbrechen, weil Anita, die junge Mutti, mich heimsuchte. Sie stand plötzlich vor der Tür, machte einen reichlich aufgelösten Eindruck und bat schluchzend um Einlaß. Ich setzte sie auf das Sofa und stattete sie mit einer Tasse Tee aus, und sie begann stockend zu erzählen, daß sie den finsteren Verdacht habe, mit dem falschen Mann verheiratet zu sein. Ich muß gestehen, daß ich mich genüßlich im Sessel zurücklehnte und sie ermunterte, Details zu berichten und sich nicht zu schämen. Sie berichtete, unterbrochen von Tränenströmen, daß er am Abend maulig nach Hause kommt, schweigend ißt, was immer sie auch vor ihn hinstellt, den heiteren Kindermundgeschichten, die sie zum besten gibt, auffallend desinteressiert zuhört und sich später, bis über die Ohren in seinem Fernsehsessel vergraben, im Wirtschaftsteil seiner Zeitung festbeißt.

Früher sei es ihr noch dann und wann gelungen, ihn ins Kinderzimmer zu locken, wo sie in schweigender Eintracht ihr schlafendes Baby betrachtet und sich über den Wiegenrand hinweg glücklich-innige Bicke zugeworfen haben – aber selbst dazu habe er keine Lust mehr.

Anita schneuzte sich, trocknete die Tränen, sah mich fest an und sagte: »Ich hab' beschlossen, mich scheiden zu lassen, ehe ich ein zweites Baby kriege. Mit dem einen hab' ich noch eine gewisse Chance, mein Studium wieder aufzunehmen und meinem Leben einen Sinn zu geben!« Ich verkniff mir die Frage, ob sich denn der Anblick der neuen Einbauküche so schnell abgenützt habe und sie nicht, anstatt sich mit ihrem Mann verliebte Blicke über Kinderbetten hinweg zuzuwerfen, des Abends ihr schönes Silber putzen oder sich in Baumkuchenbäckerei üben könne. Statt dessen spornte ich sie mit dem Eifer einer Frau, »deren Tochter es einmal besser haben soll«, an, den Scheidungsgedanken unverzüglich in die Tat umzusetzen.

Wir hatten dann einen schönen Nachmittag miteinander, und indem wir uns die Lieblosigkeiten unserer Männer anvertrauten, kamen wir uns ungewohnt nahe. Ich versprach ihr zum Abschied, meine Freundin Ella anzurufen, die vor einem Jahr ebenfalls den Schritt in die Freiheit gewagt hat, um ihr Studium wieder aufzunehmen, obwohl auch ihr ein Kleiner im Alter von Anitas Kleinem wie ein Mühlstein am Hals hängt. Die herzige Anita wurde ganz aufgeregt und gestand mir mit gesenkter Stimme, daß sie schon immer mal mit »solchen Frauen« Kontakt haben wollte!

Ich lag die ganze Nacht schlaflos herum und dachte an die herzige Anita und wie ich ihr helfen könne und an Benno I und Fräulein Dellenbach und dann wieder an Anita, und als ich am Morgen aufstand, hatte ich ihr Problem zu meinem eigenen gemacht, will sagen, die Tatsache, daß mir inzwischen klargeworden war, daß Benno und Fräulein Dellenbach ein ausschweifendes gemeinsames Leben führen, kam der herzigen Anita zugute. Am Abend erreichte ich Ella und bat sie, sich mit einer in Not geratenen Schwester in Verbindung zu setzen und ihr bei ihrer Befreiung behilflich zu sein. Bereits am nächsten Abend rief sie zurück und fragte mich, ob ich eigentlich den Verstand verloren habe. Die herzige Anita sei weit davon entfernt, sich befreien zu lassen, und habe sich die Einmischung in ihre Ehe verbeten. Ich saß da wie abgeknallt, und nach einigen Tagen traf ich Anita vor der Kindergartentür. »Hör mal, Mädchen«, sagte ich, »was war denn das neulich, ich denke, du kannst deinen Mann nicht mehr ertragen und willst dich scheiden lassen?«

Sie war nicht im mindesten verlegen, sondern strahlte mich an und sagte, das dürfe ich nicht so ernst nehmen, das komme in der besten Ehe vor, daß man mal Ärger miteinander habe, aber nun sei alles wieder in Ordnung, und sie fänd's nur schade, daß ich das, was sie mir anvertraut habe, nicht für mich behalten konnte, sondern gleich weitertratschen mußte. Sie nestelte eine widerliche dreireihige Perlenkette aus dem Ausschnitt, die ihr ihr Männe zum fünften Hochzeitstag geschenkt hat, und begann übergangslos mit Kindermundgeschichten und Zukunftsaussichten, in denen eine neue Frisierkommode und neue Gardinen für die Küche tragende Rollen spielten.

»Liebes Kind«, sagte ich, »wenn du jemals wieder Scheidungsgedanken haben solltest, und ich versprech' dir, du hast sie, noch ehe der Spiegel der neuen Frisierkommode ein einziges Mal poliert ist, behalt' sie für dich und tratsch' sie nicht weiter, denn sonst könnte es sein, daß dir eine deiner emanzipierten Schwestern den kleinen Popo versohlt!« Sie sah mich ganz verschreckt an und sagte »Huch« und nahm ihren Kleinen an die Hand und zerrte ihn aus meiner gefährlichen Nähe.

Die Sache ging mir nach und beschäftigte mich den ganzen Tag, und ich hätte gern jemanden gehabt, mit dem ich das Phänomen des »Befreit-sein-Wollens« und dann »doch nicht Befreit-sein-Wollens« hätte diskutieren können. Aber Lil hat für Geschichten dieser Art nur ein müdes Lächeln übrig, mit dem sie anzudeuten pflegt, daß wir allesamt geistig stark eingeschränkt sind, sie uns aber leben läßt, solange wir ihr mit unserer Beschränkung nicht zur Last fallen. Änne würde an dem ganzen Thema lediglich interessieren, wer denn Anitas Mann das Essen gerichtet hat, derweil sie auf meinem Sofa saß und Taschentücher, für die *er* schwer gearbeitet hat, naßweinte, und Tantchen würde die Frage bewegen, ob es denn zu verantworten war, daß Anita anschließend ganz allein und im *Dunklen* nach Hause ging.

Ich rief Ella an, um das Thema mit einer wirklichen Fachfrau zu erörtern, aber die Fachfrau teilte mir mit, daß die Zeiten, in denen sie ihre Abende mit belanglosen Telefonquatschereien verpulvern konnte, vorbei seien! Sie müsse morgen eine Klausur schreiben, und bis jetzt wisse sie noch nicht, wer in der Zeit ihren Kleinen beaufsichtigt. Seine Tagesmutter habe es nämlich bei einer Demo so erwischt, daß sie mit umwickeltem Schädel im Bett liege.

Ich schlich geknickt in meine Küche zurück, und es war mir peinlich, nicht mal gefragt zu haben, für welchen guten Zweck sie denn demonstriert haben. Zwischen Ella und mir ist inzwischen ein Abgrund wie zwischen einem Panther in freier Wildbahn und einem gezähmten Eichhörnchen im Laufradkäfig.

Benno schrieb übrigens bis jetzt eine einzige Karte! Das Wetter soll gut sein! Tust Du mir den Gefallen, um den ich Dich eingangs des Briefes bat? Die Nummer ist 67449, der Name ist *Dellenbach*: Ich versichere Dir, daß ich Dir bestimmt keine Drohbriefe des Inhaltes schreibe, wie Du eigentlich dazu kommst, einfach im Büro meines Mannes anzurufen.

Von meiner Befreiungsaktion ermüdet

Deine Schwester Lisbeth

17. April

Liebe Paula,
nahm interessiert zur Kenntnis, daß Du nicht meine Schwester bist und es im Zeitalter der Emanzipation ablehnst, Dich zu benehmen wie unsere Großmütter in Filmen wie »Des Schicksals Stimme«. Weiterhin stellst Du in Deinem Brief die Frage, was ich denn zu tun gedenke, wenn Du herausfinden solltest, daß Benno und Fräulein Dellenbach tatsächlich zusammen Urlaub und »Du weißt schon was« machen, und gibst Dir auch gleich selbst die Antwort:

Lisbeth stopft, giftig vor sich hinbrabbelnd, zerknüllte Betttücher in die Maschine, schnappt sich sodann den wehrlosen Kleinen und vergießt Tränen über seinen goldenen Löckchen und wird später, die Mundwinkel um einen weiteren Zentimeter nach unten verlagert, mit grauem Gesicht auf die Tulpen im Vorgarten starren. Dazu murmelt sie mit tonloser Stimme: »Unser großes Glück – unser kleines Heim, alles zunichte, nun bin ich allein!«

In den frühen Abendstunden sieht man sie jedoch wieder mit ihrem bekannten »Jedenfalls-kann-mir-keiner-was-nachsagen-Gesicht« auf allen vieren die Küchenfliesen scheuern.

Und sonst wird Lisbeth (natürlich) *nichts* tun.

Vorgestern rief Fräulein Dellenbach an. Ich war äußerst überrascht, denn ich hatte mir ihren leblosen Körper gerade in einer Gletscherspalte vorgestellt. (Eine bei Feiglingen sehr beliebte Art, Probleme zu lösen.) Mit der Stimme einer Frau, die ihren Platz im Leben nicht nur gefunden hat, sondern darüber hinaus auch geradezu vorbildlich ausfüllt, teilte sie mir mit, daß irgendeine Firma (Böttcher & Co, glaube ich) Bennos Angebot akzeptiert habe. Ich möchte meinem Mann doch dies bitte gleich nach seiner Rückkehr mitteilen, es sei *äußerst* wichtig.

Schwindelig vor Erleichterung legte ich den Hörer auf, griff mir den Kleinen, vergoß Tränen über seinem Haupt, teilte ihm flüsternd mit, daß Papilein bei uns bleibt – und dann fiel mir ein, daß es im Zuge der fortschreitenden Technisierung ja möglich geworden ist, praktisch von *überall* her anzurufen! Beinahe zu Eis erstarrt, wählte ich die 67449 und verlangte Fräulein Dellenbach, und mit der Stimme einer restlos überforderten Frau, welche der Überforderung gewachsen ist, schnarrte sie: »Deterich Werke und Partner, Dellenbach am Apparat?«

Ich mußte leider zugeben, daß ich es bloß war, und stotterte, daß ich Ihre Anordnung von vorhin nicht so ganz mitbekommen habe, und fügte dummerweise hinzu, es habe nämlich gerade im Augenblick ihres Anrufs bei mir in der Küche geklingelt.

Sie zog hörbar die Luft ein, und dann wiederholte sie das mit »Böttcher &Co« noch einmal Wort für Wort und sehr langsam und gab mir den Rat, es mir doch lieber zu notieren.

Die Freude, sie an dem Platz, wo sie hingehört, angetroffen zu haben, wurde durch die Tatsache beeinträchtigt, daß sie Bennos gelegentliche Launen künftig mit mildem Lächeln verzeihen wird. Jetzt, wo sie weiß, daß am Abend eine Schwachsinnige auf ihn wartet, die ihm mit irrem Lachen erzählt, daß schon wieder einer von seinen schwarzen Socken verschwunden ist...

Liebe Freundin, Du schreibst sehr wenig von Deinem Liebesleben. Hast Du keins, oder behältst Du die damit verbundenen Details eifersüchtig für Dich? Gestern war Sabine hier, um mich geschlagene drei Stunden mit Einzelheiten aus *ihrem* Liebesleben zu nerven. Denk Dir, der Mann, »für den sich alles lohnt«, ist *endlich* aufgetaucht, und ausgerechnet auf Sabine ist sein stolzer Blick gefallen. Das allein ist bereits schon märchenhaft. Sie hat ihn anläßlich einer Tombola gewonnen, den ihr Bodyclub für irgendeinen wohltätigen Zweck veranstaltet hat, und in ihrem Fall ist der wohltätige Zweck ja schon erfüllt. Irgendein Spaßvogel hatte sich da was besonders Nettes ausgedacht: Es wurden Lose verkauft, und natürlich waren's meist bloß Nieten, doch wer einen Gewinn gezogen hatte, konnte sich für den Abend einen Tänzer oder eine Tänzerin aussuchen. Sabine hatte gleich zu Beginn einen Treffer, und so war die Reihe der Tänzer zum Aussuchen noch vollständig vorhanden. Sie wählte sich den aus, dessen Anzug am besten zu ihrem Kleid paßte (aus Spaß, wie sie sagte), und denk Dir, ohne Kleid und Anzug verstanden sie sich dann sogar noch besser als mit. Wenn ich mich recht erinnere, ist er jetzt der fünfte nach ihrer Scheidung, und zum erstenmal kann man angeblich von einer schicksalhaften Fügung sprechen. Auf jeden Fall blieb sie den ganzen Nachmittag und redete von nichts anderem als von ihrem Schatzi, der alles in den Schatten stellen muß, was die Welt an Schatzis zu bieten hat, und hierbei ist zu beachten, daß Sabine sehr kritisch ist! Sie kann keinen Lippenstift kaufen, ohne vorher genaueste Marktforschung zu betreiben. Wenn ich sie recht verstanden habe, ist sogar spätere Heirat nicht ausgeschlossen. Er ist schön, klug und wohlhabend, und, wie sie sagte, ohne nenneswerten Anhang, ein Punkt, der ja nicht ganz unwichtig ist. Auch wenn die meisten es nicht zugeben, aber der in die neue Verbindung mitgebrachte Dreijährige soll schon manch neues Glück nachhaltig getrübt haben, vor allem, wenn es nicht glingt, ihn seinerseits mit dem eigenen Dreijährigen dauerhaft zu verbinden. Das sonntägliche Herumtollen zu viert im Liebesnest ist nicht jedermanns Sache. Sie will Benno und mich zur Verlobung einladen, und ich kann Dir versichern, daß ich diesem Zusammentreffen *zitternd* vor Ungeduld entgegensehe. Sabine sagte jedenfalls, er sei absolut anders als alle anderen, die wir so kennen, und mit so Typen wie Benno oder Deinem Ex-Mann zum Beispiel überhaupt nicht zu vergleichen.

Was hörst Du von Werner? Hat er sich bereits neu orientiert? Oder habt Ihr, abgesehen von dem monatlichen Scheck, keine Verbindung mehr? Ich fragte Benno neulich so beiläufig wie möglich nach ihm, und er sah mich abwesend an und sagte dann, sie hätten ihn für die Medenspiele aufgestellt. (Einzel und Doppel.) Dies nur, falls es Dich interessiert.

Freitag

Benno ist wieder da und ließ mich in Form von fünf Kilo wattierter Wäsche an seinem Skiurlaub teilnehmen. Der Wagen ist sehr gut gelaufen, die Liftpreise sind wieder gestiegen, und für ein Bier nehmen die Drecksäcke jetzt sechs Franken, waren weitere Details, die ich schwitzend vor Anstrengung aus ihm herausbaggerte.

Er ließ sich sichtlich zufrieden in seinen Sessel fallen und tat kund, es sei schön, wieder zu Hause zu sein.

»Das Bier ist wesentlich billiger«, bemerkte ich anzüglich.

Völlig entwöhnt, bemerkte er jedoch meine Spitze nicht, sondern wiederholte wie ein mittelmäßig begabter Papagei: »Die Drecksäcke nehmen jetzt sechs Franken die Flasche!«

Ich servierte ihm eine Dose für 45 Pfennig von Aldi, und wir verbrachten einen traulichen Abend.

Sonntag

Habe mit dem Kleinen etwa zwanzig Eier ausgepustet und bunt angemalt, wobei fünf zu Bruch gingen. Dann versahen wir sie mit Fäden, und ich hängte sie an die eben aufgeblühten Forsythienzweige, die ich als Willkommensgruß in den Flur stellte. Dummerweise lief Benno dagegen, als er im Halbdunkel (um Strom zu sparen) nach seinem Mantel tastete. Er schnippte sich irritiert die Eierschalen von der Hose und sah mich äußerst gereizt an: »Was soll das?« fragte er.

»Benno«, sagte ich milde. »In einer Woche ist Ostern!«

Er sah völlig konsterniert drein und riß seinen Terminkalender aus der Tasche, um mit flatternden Fingern darin herumzublättern.

»Großer Gott«, flüsterte er dann und verschwand mit auffallender Geschwindigkeit in Richtung Garage. Ich nehme an, daß ihn mein österliches Arrangement und sein unschönes Zusammentreffen mit demselben an eine Verabredung erinnerten, die er drei Tage vor dem Fest mit Böttcher & Co geplant hat. Indirekt nehme ich also sehr wohl an Bennos Berufsleben teil!

Der Kleine tat heute furchtbar geheimnisvoll und bat mich um drei rohe Eier, mit deren Hilfe er etwas ganz, ganz Schönes für mich zum Osterfest basteln will. (Nach einer Idee der nimmermüden Kindergärtnerin.) Seit einer Stunde hantiert er auf die unheimlichste Art und Weise in der Küche herum – soeben mußte ich ihm mit verbundenen Augen die Wachsmalstifte durch den Türspalt schieben. Natürlich kriege ich das Geschenk erst am Sonntag, aber ich darf heute schon mal raten, was es ist...

Bebend vor Neugier (noch drei Tage und drei Nächte), Dir freundlichen Osterhasenbesuch in jeglicher Form wünschend,

Deine Lisbeth

PS: Danke für den diskreten Hinweis, daß ich Frauen wie Ella aller Wahrscheinlichkeit nach nicht mehr lange zu meinen Freundinnen zählen darf. Ich sehe schon, zu guter Letzt bleib' ich mit Benno I zurück!

Lavendelsäckchen zwischen seine Hemden legend,

L.

2. Mai, Mitternacht

Liebe Paula,
wenn Du diesen Brief in der Hand hälst, ist es zehn Uhr morgens, Du bist gut ausgeschlafen und hast Dir gerade die dritte Tasse Kaffee genehmigt, und solchermaßen präpariert, wirst Du auch verkraften können, daß ich den Traummann, auf den wir alle ein Leben lang warten, heute kennenlernen durfte. Was sage ich, ich durfte ihm zweimal die Hand schütteln und beim Essen

neben ihm sitzen und mich an seiner unvergleichlichen »Dürfte ich bitte mal die Gürkchen haben«-Konversation ergötzen.

Benno und ich waren heute auf Sabines Verlobungsfeier, die in einer alten Mühle, einem pittoresken Gemäuer in der Nähe der Autobahnauffahrt, gefeiert wurde. Ich hatte einige Mühe, Benno zu bewegen, mit mir hinzufahren, denn 1. hatten sie für heute die Mannschaftsaufsstellung der Jugend geplant, und 2. ist er gerade freitags immer ganz besonders geschafft, und 3. was geht ihn diese Sabine an, die er überhaupt nicht kennt. Ich sprach tausendundein Wort dafür, er war (für seine Verhältnisse) wortgewaltig dagegen, ich wies ihn darauf hin, daß es auch für mich notwendig sei, so alle fünf Jahre einmal an einem Tisch zu feiern, der höher als fünfzehn Zentimeter und nicht mit selbstgebastelten Osterhasen dekoriert ist, er sagte, kein Mensch würde mich zwingen, seit zwanzig Jahren an jeder einzelnen Kindergartenparty teilzunehmen, ich sagte, die Verlobung sei mit keinerlei Unkosten verbunden, das Geschenk, ein Ersatzbirnchen für den Kühlschrank, hätte ich vom Haushaltsgeld gekauft (er wurde schon zugänglicher), kurz und gut, wir stylten uns an und fuhren eine halbe Stunde über Land, in vollendetem Schweigen natürlich. Ich hatte Zeit, an meine eigene Verlobungsfeier vor hundertfünfzig Jahren zu denken, derweil Benno im Geiste die Aufstellung der Jugendmannschaft leitete...

Die alte Mühle strahlte uns aus sämtlichen Fenstern wie ein Weihnachtskalender entgegen, und nun rate, wer neben der kränklichen Kübelpalme neben dem Eingang stand und die Gäste begrüßte!??? Werner!

Ich begriff sofort, daß er der Bräutigam war, während Benno (er ist wirklich bemerkenswert langsam in solchen Dingen) dumm fragte, was denn Werner auf Sabines Verlobungsfeier zu suchen habe, noch dazu, wo er keine Frau mehr am Hals hat, die ihn hinzwingt.

Sabine hing an seinem sportlichen Arm und strahlte ihn und die Gäste gleichermaßen beifallheischend an. Ich muß gestehen, daß ich einige Minuten benötigte, um mich zu fassen, derweil Benno vollkommen niedergeschmettert von der plötzlichen Erkenntnis war, daß ein so ernstzunehmender Squash- und Tennispartner wie Werner einen derartig aufgetakelten Rauschgoldengel wie Sabine kennt. Er starrte seinen Sportsfreund und das kichernde Ding an seinem Arm so ausdauernd an, daß es beinahe peinlich wurde und Sabine sich zu der Frage bemüßigt fühlte, ob er und Werner sich schon mal irgendwo gesehen hätten. Ich bejahte dies in freudigem Eifer, woraufhin Werners und Sabines Lider im Takt zu beben begannen, beunruhigt von der Frage, ob er (sie) womöglich weiß, was man selbst nicht weiß...

Ich ließ sie zunächst mit diesem Problem allein, denn es wurde zu Tisch gebeten, und zufälligerweise war Werner mein Tischherr. Es stellte sich heraus, daß er Euren gemeinsamen Sohn zugegeben hat (er ist zu groß, als daß er ihn bei Sabines Besuchen hätte verstecken können), nicht jedoch Söhnchens Anspruch auf ein jahrzehntelanges Studium.

Sabine ihrerseits hatte mir bereits erzählt, daß ihr Neuer jahrelang an ein widerliches Mannweib gefesselt war, einer glücklichen Fügung zufolge jedoch von dem widerlichen Mannweib verlassen wurde. Was sie noch nicht weiß, ist, daß er das widerliche Mannweib noch immer kostenzehrend am Hals hat und sich in absehbarer Zeit das gleichzeitige Studium von Mutter und Sohn gewinnbeeinträchtigend auf das gemeinsame Leben auswirken wird. Also, liebe Freundin, so stehen die Dinge, und ich meine, wenn Du noch einen Funken Anstand im Leibe hast, dann machst Du Dich endlich auf die Socken und suchst Dir auch einen, der bereit und in der Lage ist, Dich mitsamt den Verpflichtungen, die Werner Dir gegenüber hat, zu übernehmen.

Oder erfreut Dich etwa der Gedanke, daß Sabine und Werner ihre Flitterwochen in einem Billighotel an der Costa Brava verbringen müssen, wobei sie gleich die Erfahrung machen können, daß das Leben von Luft und Liebe auch nicht mehr das ist, was es mit zwanzig mal war? So, wie es aussieht, könnte es jedenfalls so weit kommen, daß die festliche Verlobungsfeier in der alten Mühle das einzig Festliche ist, an das Sabine sich später einmal erinnern kann, in jenen nicht allzu fernen Zeiten, in denen sich Werner auf den Standpunkt stellen wird, daß die in Waschpulver und Spülmitteln enthaltene Chemie nur die Umwelt schädigt und der Verzehr von Fleisch in jeglicher Form ungesund ist. Ich habe mich ürbigens den ganzen Abend über redlich bemüht, Werner in jenem Glorienschein zu sehen, der ihn in Sabines Augen umgibt, aber aus welchem Blickwinkel heraus ich ihn auch immer betrachtete, er blieb immer bloß Werner! Wahrscheinlich habe ich ihn in früheren Zeiten einfach zu oft bei Euch vor dem Fernseher hocken und nach dem Essen hinter vorgehaltener Hand in seinen Backenzähnen stochern sehen.

Benno saß mir während des Essens schräge gegenüber, und ihm war deutlich anzumerken, daß er einfach nicht begriff, was geschehen war. Kannst Du Dir vorstellen, daß wir beide uns jede Woche sehen, ohne zu erwähnen, daß Du zum Beispiel im Begriff stehst, Dich zu verheiraten? Und daß Du lediglich eines Abends (wenn es sich wirklich nicht länger vermeiden läßt) Deine Niederlage beim Einzel lapidar mit dem Hinweis entschuldigst, Deine bevorstehende Hochzeit sei schuld daran, daß Du in letzter Zeit das Training mit den Hanteln sträflich vernachlässigt hast?

Beim anschließenden »gemütlichen Beisammensein« fragte ich Sabine so beiläufig wie möglich, ob sie beide denn nun in seine oder in ihre Wohnung ziehen (ich dachte, es würde Dich vielleicht interessieren), und sie lachte glockenhell und sagte: »In seine natürlich!« Werner ist nämlich, man höre und staune, vollständig eingerichtet, weil seine erste Frau nur ihre persönlichen Sachen mitgenommen hat, und die Schlafzimmereinrichtung und die Couchgarnitur gehörten nicht dazu.

»Wie gefällt dir die Küche?« fragte ich hinterhältig. »Paula hat sich immer geärgert, daß sie altdeutsche Eiche genommen hat, sie fand es schon nach kurzer Zeit ausgesprochen kitschig.«

Und sie sah mich an und fragte: »Welche Paula?«

»Nun, Paula«, sagte ich. »Meine Freundin Paula, wir stehen ja in regem brieflichen Kontakt!«

»Du meinst *die* Paula?« fragte sie mit mildem Entsetzen in der Stimme.

»Eben die«, sagte ich. »Ich weiß ja nicht, ob Werner etwas verändert hat, aber die kleine Frühstücksecke, die sie früher in der Küche hatten, war eigentlich mein Stammplatz. Da haben

Paula und ich oft gesessen und über Werner und alles mögliche geklatscht!«

Sie starrte mich an, faßte sich jedoch, wie ich zugeben muß, erstaunlich schnell.

»Na, dann fühlst du dich ja gleich wie zu Hause, wenn du mich demnächst besuchen kommst und wir in der gemütlichen Frühstücksecke sitzen...« (und über Werner klatschen, vergaß sie hinzuzusetzen). Der Abend wurde übrigens nicht so lustig, wie die beiden es bei dem großen Aufwand eigentlich verdient hätten.

Sabine war zu sehr damit beschäftigt zu überlegen, was alles sie mir im Laufe der Zeit anvertraut hat und was davon bis zu Werner vordringen wird. Werner seinerseits bewegte das Problem, ob ich seine Zweite womöglich wieder so negativ beeinflussen werde wie seine Erste, morgens, beim gemeinsamen Frühstück gegen elf, wenn er bemüht ist, im Schweiße seines Angesichtes das Geld für seine beiden Frauen herbeizuschaffen. Und Benno hatte *immer* noch nicht begriffen, um was es ging, ich meine, so richtig. Er litt sichtlich an dem Problem, wieso Werner vor ihm stand und *keine* Sportschuhe und *kein* Frotteehandtuch um den Hals trug...

Meine liebe Pauline, ich hoffe, Du trägst es mit Fassung, daß Sabine auf Anhieb auf jene verborgene Quelle in Werners Innerem gestoßen ist, die ihn so unvergleichlich macht und nach der Du achtzehn Jahre lang ebenso besessen wie erfolglos gegraben hast... Sie gestand mir übrigens, daß sie Eure Schlafzimmerbeleuchtung einfach grausig findet, aber von den Fliesen im Bad ist sie entzückt! Ich erinnere mich, daß Ihr sie damals aus Italien mitgebracht habt, zu jener verwunschenen Zeit, als Badezimmerfliesen in Eurem Leben noch eine entscheidende Rolle spielten und wir alle der Meinung waren, das gemeinsame Glück ließe sich auf solchen Dingen aufbauen. Sabine hofft, daß es ihr gelingt, Werner dazu zu überreden, auch die Diele mit italienischen Kacheln zu fliesen, und für den Garten wünscht sie sich einen nackten Amor – an jener Stelle, an der Du den kleinen Kräutergarten haben wolltest. Vielleicht hättest Du auch lieber ein Phallussymbol wählen sollen anstelle Pimpinelle...

Gegen die Küche, die Du so abscheulich fandest, hat sie übrigens nichts. Im Gegensatz zu der, die sie früher hatte (weiß, Resopal), findet sie »altdeutsch« gemütlich. Sie will bloß die auf antik getrimmten Griffe durch neue ersetzen.

Gratuliere übrigens zu Deinem Kochkompaktcenter! Deiner Beschreibung nach muß es ja ein ganz pfiffiges Ding sein. Vor allem die Idee, den Abfalleimer gleich in die Arbeitsplatte zu integrieren, finde ich gelungen. Und die Kombination von heller Esche und High-Tech! Sehr, sehr schick!

Gerade wird mir mit Entsetzen bewußt, daß Ihr Euch alle von weißen Einbauküchen über »Delft« bis hin zu High-Tech und Kochkompaktcentern weiterentwickelt habt – und nur ich glotze noch immer auf diese gemütliche, pflegeleichte Kiefernholzimitation, nach der wir Anfang der Siebziger so verrückt waren.

Ich kann wirklich nirgendwo mehr mitreden!

In Sack und Asche

Deine Lisbeth

Die Frau in der Gesellschaft

Cornelia Arnhold
Bastardlieben
Erotische Geschichten
Band 12328

Martine Carton
Etwas Besseres als einen Ehemann findest du allemal
Roman
Band 4718

Anna Dünnebier
Der Quotenmann
Roman
Band 11779

Christine Grän
Die kleine Schwester der Wahrheit
Roman
Band 10866

Tina Grube
Männer sind wie Schokolade
Roman
Band 12689

Eva Heller
Beim nächsten Mann wird alles anders
Roman
Band 3787

Bettina Hoffmann
Abgang mit Applaus
Band 11613
Die Emanzen sind los
Die Gründung des Frauenstaates Lilith
Roman
Band 12424

Anna Johann
Geschieden, vier Kinder, ein Hund – na und?
Band 11118

Claudia Keller
Windeln, Wut und wilde Träume
Briefe einer verhinderten Emanze
Band 4721
Kinder, Küche und Karriere
Neue Briefe einer verhinderten Emanze
Band 10137
Frisch befreit ist halb gewonnen
Reisebriefe einer verhinderten Emanze
Band 10752

Fischer Taschenbuch Verlag

fi 21 / 6 a

Die Frau in der Gesellschaft

Claudia Keller
Der Flop
Roman
Band 4753
Kein Tiger in Sicht
Satirische Geschichten
Band 11945

Hannelore Krollpfeiffer
Telefonspiele
Roman
Band 12423

Fern Kupfer
Zwei Freundinnen
Roman
Band 10795
Liebeslügen
Roman
Band 12173

Anna von Laßberg
Eine Liebe in Bonn
Roman
Band 12760

Doris Lerche
Der lover
Band 10517
Eine Nacht mit Valentin
Erzählungen
Band 4743
21 Gründe, warum eine Frau mit einem Mann schläft
Erzählungen
Band 11450

Hera Lind
Ein Mann für jede Tonart
Roman
Band 4750
Frau zu sein bedarf es wenig
Roman
Band 11057

Hera Lind
Das Superweib
Roman
Band 12227
Die Zauberfrau
Roman
Band 12938

Enel Melberg
Der elfte Tag
Roman
Band 12634

Gisela Schalk
Frauen in den besten Jahren
Kurzgeschichten
Band 12073

Dorit Zinn
Mit fünfzig küssen Männer anders
Roman
Band 12939

Fischer Taschenbuch Verlag

fi 21 / 8 b